庫

夜はおしまい

島本理生

講談社

夜はおしまい✦目次

夜のまっただなか

金井《かない》先生から、キリスト教の神をあなたたちの神と一緒だと考えてはいけない、と教えられたのは、北川《きたがわ》さんが私に無理やりキスした翌日の講義でのことでした。

大講義室を使った授業でも、金井先生の声はひそやかでした。船を漕ぐ学生が多い中、金井先生は言葉を紡《つむ》ぎ続けました。

「キリスト教が日本にやって来たときに、神と訳したのは、おそらく失敗でした。その認識の齟齬《そご》が、その後のキリスト教迫害までつながったとは言いませんが、原因の一端であったとは思うのです。なぜなら日本人は本来、林檎《りんご》であるはずの神を、アップルパイであった日本の神の概念にそのまま当てはめてしまったのですから」

私は傷だらけの机にノートを広げて、金井先生の言葉をこぼさず書きつけました。

私はキリスト教徒ではないので、金井先生の言っていることを理解するには時間がかかるのです。だけど私が今日とりわけ熱心に授業を受けているのは、昨晩の北川さんの言葉を上書きしようとしているからでした。

昨日の夕方、北川さんは大学近くの駅前のガードレールに腰掛けて待っていました。がさっと羽織っただけの黒いジャケットが手足の長い体によく似合っていました。

彼はこちらに向けてにっと笑うと、腹減ったから飯食いに行きましょうよ、と愛嬌を含んだ声で告げて、私の返事を待たずに繁華街へと歩き出しました。

地下の薄暗いお洒落《しゃれ》な焼き鳥屋で、北川さんは二人きりなのに焼き鳥の盛り合わせを頼むと、さほど美味《おい》しくもなさそうにちょっと食べただけで、あとは焼酎のお湯割りだけを飲みながら言いました。

「いやー、でも、いいよなあ。琴子《ことこ》ちゃんはさあ。K大学のお嬢様なんて。色々勝ったようなもんだよね」

私はぼんやりとしたまま、首を横に振りました。

「おまけに神学科かー。神学ってあれなの、やっぱり皆、キリスト教信者なんだっけ」

あわてて否定し、私も違います、と訂正してから、たしかこの会話は二度目だったことを思い出しました。

「違います。入りやすいから、神学科を希望した学生が大半です」

「ああ。琴子ちゃんみたいに？」

笑顔であっさりと言われた瞬間、胃に手を突っ込まれてかき回されたような痛みと熱を覚えました。

たしかに私は大学の名前だけで神学科を選んで受験しました。地元の静岡で工場を営んでいる父から、どんなに偏差値が高くても東大以外の国立大学なんて女の子には地味だから名の通った私大に行ったほうがいい、と言われたからです。そんな親の言いなりになった自分の自立心のなさを見透かされたように感じました。

「今の日本にキリスト教って、そんな必要ないもんなー。圧倒的に仏教だし」

私は相槌《あいづち》を打ちながらも、恥ずかしさを紛らわせるために、なにか言わなきゃいけない気持ちになって
「北川さんは、仏教とかも、とくに信じてはいないんですか？」

と尋ねると、彼は急に真面目な顔をして、僕はなにも信仰を持ったことはないけれど、と前置きしてから
「あえて言うなら、親教の信者じゃないの。俺だって未だに実家から、借金が払えない、生活できないって泣きつかれたら、なけなしの給料から半分以上を送金してるんだからさ。年老いてお金のない親っていうのはそれだけ気の毒なんだよ」

と言ったので、私は黙り込んでしまいました。

北川さんは仕事の愚痴《ぐち》を冗談交じりに喋って、私をひとしきり笑わせたり驚かせたりした後に
「じゃあ、行くか。給料出たばかりだから、今日は僕いくらでも払うよ」

と伝票を掴《つか》んだので、送金の話を思い出した私は慌てて、いいです、私がまた払います、と引っ張りました。彼は困ったように苦笑しながらも、伝票からあっさり手を離しました。

地上へむかう薄暗い階段の途中で、北川さんはいきなり私の右手を握ると、若いわりに陰《かげ》りを帯びた目でじっと顔を覗き込んできました。

「琴子ちゃん、さっきの話で俺に同情したんだろ。本当に簡単だよな、おまえ」

そう馬鹿にしたように言われた瞬間、全身の血が冷えました。

違います、違います、と何度も否定したら、後ろの壁に押し付けられ、お酒と甘い吐息にまみれたキスをされました。私は何度も北川さんを押し返そうとしながらも、心の奥底では泣きたくなるほどの安堵《あんど》を覚えていました。


今も頭の芯が痺《しび》れるような後悔と共に思い出します。あの学園祭の午後のことを。

当日、大学内の樹木は鮮やかに秋の枝を揺らしていました。本校舎の前には特設ステージが用意されていました。集まった学生たちで階段までぎっしりと埋め尽くされて、軽薄なBGMが大音量で流れて盛り上がる中、私たちは空き教室で最後の支度を整えていました。ミスキャンパスに出場するために。

数週間前、神学科の友人たちでお昼を食べていたら、実行委員の女の子が割り込んできて、ミスキャンパスに出場する子がなかなか集まらなくて困っている、と切り出したのです。

そこでなんとなく皆から持ち上げられたのが、私でした。

可愛いから大丈夫だと口々に言われて、正直、悪い気はしませんでした。それでも恥をかきたくないと渋る私に、たとえ票が伸びなくても発表されるのは三位入賞の子までだから、と実行委員の子は説明しました。

なんのとりえもない自分が、一生に一度、特別になれるかもしれない。そう気付いた途端、胸が高鳴り、半ば熱に浮かされたように頷いていました。

だけど実際に集まってみると、順位をつけられるのに候補者が八人、というのはあまりに生々しく感じられました。

心臓が絶えず嫌な音を立てる中、私たちはそれぞれ横目で互いの容姿を確認し合いました。

流行《はや》りのモデル顔でスタイルも良く、誰が見ても可愛い子が一人いました。自分を含めて、残りの七人にはどこかしら惜しいところがあります。その中でも、目は綺麗だけど頬骨《ほおぼね》が張った四年生と、腰も脚も太いギャルの一年生には勝てるだろうと私は踏み、内心ほっとしました。

だけどいざステージが始まると、私は動揺のあまり逃げ出したくなりました。

さっきまで似たようなものだと思っていた女の子たちが、突如変貌したように下着の見えそうな短いスカートを翻《ひるがえ》して、踊ったり歌ったりし始めたからです。私は、子供の頃から習っているピアノを弾いてサティを披露するなんて、地味な特技を選んだ自分を呪いました。完全に雰囲気を読み間違えたのです。それでも、なんとかステージ上では演奏をこなしました。

椅子から立ち上がると、ワンテンポ遅れてから拍手がまばらに起こりました。上手ー、という特徴のない感想と、これなんの曲だっけ、知らない、というやりとりに追い立てられるようにしてステージを下りました。

最終審査が終わって発表を待つ間、私は疲れ切って、空き教室の椅子に腰掛けていました。

実行委員の子が戻ってくると
「おつかれさまー。十五分後に結果発表だから、そのときにもう一度、ステージに上がってね」

そう呼びかける彼女の手には、白いメモ用紙が握られていました。

ほんの、出来心でした。

私は、それなら今のうちにトイレ行ってくるね、と席を立ちました。とにかく早く白黒はっきりさせて楽になりたかったのです。

なにげなく擦れ違うふりをして、彼女が背を向けた瞬間、背後からその手元のメモを盗み見しました。

目の血管がブチッと切断されたように、視界が真っ白になりました。

廊下に出た私はふるえる息を吐きながら、足元を見つめていました。なにかの間違いではないかと思いながら。そうじゃなければ、今すぐに逃げ出したいと思いながら。

八人中、八位。それが、たしかに紙に記されていた私の順位でした。

なぜ、どうして、なんで。だってあの二人のほうが絶対に下だった。出すぎた頰骨、脂肪でぱんぱんになった脚。それよりも劣った、私。

表彰式の記憶はほとんどありません。私はただ人形のように微動だにせず立ち続けていました。会場の誰もが自分を笑っているような気がしました。ほとんどの学生が、自分を否定したのだと思うと気が遠くなりました。実行委員たちはこの結果を知っているのだと思うと、あまりの居たたまれなさに涙がこぼれそうでした。すべてが終わると、私は荷物をまとめて、目立たない校舎裏の道を逃げるように駆けていきました。

淡い闇が立ち込める中、学園祭の終わりを告げる放送が響いていました。街路樹の上には、透けた月が浮かんでいました。

正門を出るときに、黒いジャケットを羽織った男性がぱっとこちらを見ました。誰にも見られたくないと思ってとっさに目をそらすと、君、と声をかけられたので私はびっくりして立ち止まりました。

「さっきミスキャンパスに出てた子だよね。良かったー、会えて」

よく見ると、学生にしてはだいぶ年上でした。長い脚に紺色のチノパンを穿《は》いて、人懐こい笑みを浮かべていました。可愛げのある顔立ちのわりに、どことなく雰囲気の崩れた、だらしない感じがして、私の目はそんな彼に妙に惹《ひ》きつけられてしまいました。

「僕、タレント事務所でマネージャーしてるんですよ。あ、すっごい小さいけどね。で、うちの社長が見て来いって言うから、今日、来てたんですよ。良かったら名刺」

あからさまに疑いの目を向けながらも、差し出された名刺を覗き込むと
「なんて、どうせ興味ないよな。頭いいし、お嬢様だもんね」

彼が急に手を引っ込めたので、私は不意を突かれて顔を上げました。そのまま彼は名刺をぎゅっと右手で握りつぶしてしまったので、いっそう動揺して
「いえ、あの、そんなことないです」

私は反射的に答えていました。

「え？　ほんと。悪い、じゃあ、あらためて、これ新しいやつ。とはいっても、すぐにスカウトとかじゃなくて、せっかく知り合えたんだから、たまに会って話したりお茶したりして、お互いに長い目で見て考えてもらえればって感じなんですよ」

「でも、それなら優勝した子を」

「ああ。さっき声かけて彼女にも話聞いたけど、女子アナ志望だっていうから、あんまり引き止めなかったな。それに僕、ここだけの話、君に投票したからさー。ちょっと会って話してみたかったんですよ」

今から思えば、北川さんは騙《だま》すつもりすらなかったのかもしれません。こんなこと

で私が簡単に引っかかるとは彼自身も想像していなかったと思います。けれど羞恥心《しゅうちしん》にまみれた脳には、粗悪でも甘い麻薬が必要だったのです。

私は、その夜、誘われるままに彼と飲みに行きました。

門限があると言ったら、北川さんはちゃんと寮の前まで送ってくれました。無理に肉体関係を迫られなかったことと、もともと俳優志望だったという北川さんの見た目が良かったことに、私は救われました。この人は少なくとも自分に価値を見出してくれた。酔っ払って笑顔で手を振る北川さんを見送りながら、縋《すが》るようにその事実に酔いました。

北川さんがお金に困っているという話をし始めたのは、会うようになってから、三、四回目のことでした。私は躊躇《ちゅうちょ》なく食事代を支払いました。彼は私の門限を理由に、やっぱり関係を迫ったりはしませんでした。私はいつしかそのことに追い詰められ始めました。仕送りのほとんどを注ぎ込んでいいから、北川さんに軽薄に迫られたいと願うようになりました。そのことでなにが得られるのかは、私にもまったく分からないまま。

正門をくぐり、むせ返りそうなほど新緑の濃い中庭を歩いていたら、金井先生がや

って来たので
「おはようございます」

と私は先に挨拶《あいさつ》をしました。

彼が笑顔で同じ言葉を返してから
「そういえば、先日の授業の感想の中で、あなたの指摘が印象的だったので、良かったら少しお話できませんか？」

と続けたので、私はびっくりして口ごもりました。自分の発言なんてすでに忘れてしまったからです。神学科の学生の大半がその程度のやる気しか持っていないので、別段、恥ずかしいと思ったこともありませんでした。

私は、印象的ってどのことですか、と慎重に訊き返しました。

「自殺はだめで、命を落とすと分かっていても神様を信じて死に向かうのは殉教だからいい、という線引きがよく分からない、という指摘でした」

「あ……はい。踏み絵の話のところですよね。だって神様って寛大で愛に溢《あふ》れてるんですよね。それなら、踏み絵ぐらい踏んだって怒らないと思います。信者にだって守らなきゃいけない家族がいるし」

「自分を粗末にすることと、身を捧げて尽くすことの違いと言ってみたら、どうでしょう」

「その境って、そんなにはっきりとあるんでしょうか？」

と質問を重ねたとき、私はなぜか北川さんのことを思い出しました。

「その境を見極めることは、たしかに難しいですね。そうだ、いいものがあります」

彼は大事そうに言葉をくり返すと、ざっと鞄のファスナーを引いて、数冊の文庫本を取り出しました。

「外国文学よりも、日本人の作家が書いたもののほうが親しみやすくて、しっくりくるかもしれないので、良かったら読んでみてください。読み終えたら、ほかの学生にも貸してあげてくださいね」

私はあまり関心がないまま付箋《ふせん》だらけの文庫本をまとめて受け取りました。それから、ありがとうございます、といそいで頭を下げました。

金井先生は、私のような年寄りが若い方の役に少しでも立てるなら光栄です、と謙遜《けんそん》したように返しました。

「そんな、全然。この前も友達と、金井先生って本当に若いよねって話してました」

金井先生は照れたように微笑《ほほえ》んで息を吐きました。

髪にはちらちらと白いものが混ざっていますが、丸い瞳は赤ん坊のように澄んでいて威張《いば》ったところもないので、実際、ほかの先生に比べて金井先生はずいぶんと若く見えました。一方で、見た目の印象とは裏腹に謎の多い人でした。

ある子が、金井先生って本当は神父さんらしいよ、と言えば、でも恋人っぽい女の人と大学の近くを歩いてたって、とべつの子が口を挟み、結局はなにが真実か分からないものの、学生にまで敬語を使う金井先生にそんなことを気楽に訊ける子はいないのでした。

頭からバリバリと噛《か》み砕かれるような音がして、私たちは青空を仰ぎました。プロペラ機の真っ黒な影が、雲を抜けていくところでした。ずいぶんと長いこと、音は響き渡っていました。蟻《あり》の行列のように、プロペラ機は何機もたて続けに飛び去っていきました。

音がやむと、私は漠然と生まれた疲労を共有したくなって、金井先生を見ました。

彼の顔はひどく強張《こわば》っていました。

「私は、いつも熱心な学生たちに感謝しています。今日も良い一日になりますように」

と彼はふいに頭を下げました。

私も反射的に頭を下げました。そうすると、北川さんの毒が頭からこぼれ落ちていくようでした。

五月の地面はどこもかしこも鏡のように照り返しているのに、毒の染み込んだ足元だけが真っ暗でした。


待ち合わせ場所に十分遅れで駆けていくと、夕暮れの駅前に北川さんは退屈したように立っていました。いつものように交番脇の壁に寄りかかり、肩に掛けた鞄は膨らんでいました。無理やり引き伸ばされたキャメル色の革を見ると、なんだかミスキャンパスのときの子の脚を思い出して少し気が滅入りました。

北川さんは見るからに不機嫌で、喋りかけても、ああ、とか、うん、とかいう返事しかくれません。私はすぐに気疲れしてしまって、大学の先輩がデート向きだと教えてくれたワイン居酒屋に着いたときには、一杯だけで帰ろうと心に決めたほどでした。

けれど一杯目のグラスが空になる頃には、北川さんは見違えたように表情が明るくなり、普段に近い饒舌《じょうぜつ》を取り戻していました。

「あー、琴子ちゃんに会ったら、嫌なこと吹っ飛んだ。僕がそんなふうに思うの珍しいんだよ」

などと言われたので、私は嬉しさのあまり、すぐに二杯目のワインを注文しました。

飲み慣れないワインのせいで、あっという間にまっすぐ歩いてトイレに行けないくらいに酔っ払いました。

ビルのエレベーターに乗り込むと、二人とも崩れそうになりながら抱き合って、もつれるようにキスをしました。私は初めて恋人同士のように彼との気持ちが重なった幸福感に窒息《ちっそく》しそうでした。北川さんのシャツからは嘘みたいにいい匂いがしました。しっとり甘いけれど、どこか瑞々しい、夏の果実のような香りでした。

東南アジアみたいに蒸した空気が立ち込める大通りを、笑いながら腕を組んで歩いていると、突然、雰囲気をぶち壊すような拡声器の怒鳴り声が響いて、私たちはなにごとかと視線を向けました。

それはデモ隊の行進でした。もっとも警察官に先導されながらの行儀の良いデモです。大汗をかきながらプラカードを掲げて声をあげる人々は、服装も雰囲気も適当で、いかにも仕事がなくて暇を持て余しているように見えました。はんたーい、というかけ声が聴こえたので、初めてプラカードに目を凝らし、『核兵器反対』の文字にようやく納得しました。

「あー、日本も核実験始めるかもしれないって話だもんな。もう、本当に戦争始まるかもしれないね」

「あ、そっか。怖いね。怖いですね」

「やー、怖いよ。なんだっけ、たしかニュースで、安全性を考慮した核実験とか言ってて。すごくない？　人殺す道具をつくる実験するのに安全性って意味不明だよな」

「へえ、意外。北川さんがそういうこと言うなんて」

「おまえ、俺のこと馬鹿だと思ってんだろっ」

可愛がられるように頭を押さえつけられたので、私は思わず、きゃ、と声をあげました。北川さんはいつものように寮へ向かう道ではなく、駅前の雑踏を抜けた暗がりを進んでいきました。

派手なネオンが光る路地裏を抜けて小さなラブホテルを見つけると、二人してろくに看板も確認せずに滑り込むように中に入りました。

室内は、毛羽立った絨毯《じゅうたん》に薄暗い照明があって、重々しいベッドカバーの掛かったダブルベッドはいかにも古臭いものでした。お風呂場のタイルはひび割れていて、使うのに若干の抵抗を覚えました。

それでも先にシャワーを浴びて、緊張しながらベッドに戻ると、ビールを飲んでいた北川さんは入浴もせずに、にっと笑って、ズボンのベルトを外し始めました。

えっ、と混乱しているうちに、右手を後頭部に添えられて、いきなりトランクス越しに汗の蒸れた気配のする下半身を顔に押し付けられ、凍り付いている私に
「して。え、まさか初めてじゃないよね」

私は迷ってから、嘘をついて、小さく首を横に振りました。じゃあしろ、ときつい口調で言われて、恐怖で抵抗できなくなりました。無理に喉《のど》に押し込まれて、何度か吐き出しそうになりました。

逃げたい。今さらのように思いました。どうしてついてきてしまったのだろう。あ、でもきみちゃんも一度、好きじゃない男友達と勢いでしちゃった、て言ってた。あけみんもＦａｃｅｂｏｏｋで知り合ったから安心だと思ってセックスした男の人がじつは結婚してたって落ち込んでたし。皆がそんなことしてるんだから、私だけがしちゃいけないことじゃないし、むしろこれくらいしないといけない。そう思いかけて、寒々しい気持ちになりました。だから、なに？　皆がしてるからって、なに。

北川さんは明かりをつけたまま、シャツを脱ぎ捨てました。予想外に貧相な体でした。そのわりに水を詰めたような肉がところどころについています。

見た目だけはかっこいいと信じていた北川さんが、全裸になった途端、ぬめぬめとした粘液を出す妖怪にしか見えなくなりました。

色んなところを舐《な》めまわされて、汗やあばらの浮いた薄い胸を擦り付けられたり、大して準備もできていないのに指を入れられると、痛くて目に涙が滲《にじ》みました。

「琴子ちゃん。泣き顔、可愛いな」

と言われて、一方的にキスされてとうとう中まで入ってきたときに、なんか小さい子犯してるみたい、すげー、と嬉しそうに囁かれて、どうして付き合ってもいない人とこんなこと、と気持ちが白々する一方で、気がつくと、どこかで耳にしたような細く甘えた声がホテルの暗い天井に反響していました。

「ごめ、そろそろ出る」

強くのしかかられたときに、避妊してない、と気付いて、それでもまさかと思っているうちに洗濯機の震動のように揺さぶられて、あっという間に北川さんは終わりを迎えました。

私は車にはねられてひっくり返った蛙のように、天井を仰いでいました。

ようやくガウンを引き寄せて胸を隠しながら
「なんで、避妊しなかったの？」

と背を向けている北川さんに問いかけると、彼は振り返って
「え、まさか、やばい日だった？」

と訊き返しました。

「え、知らない」

と呟くと
「そっかー。それ、ちょっと心配だよね。分かった、えっと、二万出すから、明日病院行って」

「病、院？」

と私は半ば上の空で尋ねました。そういうお金はすぐに払えるの？　と思いながら。

「緊急避妊薬ってあるから。それ飲めば、大丈夫だから。僕はちょっとシャワー浴びてきます」

北川さんはいきなり一線を引くように敬語に戻って、お風呂場に消えました。

私は即座にスマートフォンを摑んでいました。病院、緊急避妊薬。検索するとすぐに出てきて、大学からも適度に離れた駅だったので、泣きたいくらいほっとして、スマートフォンを包み込んで両手を重ね合わせました。なにかに祈るみたいに。

その間も無関心なシャワーの音は、扉越しに流れ続けていました。

天気の良い日が続いたために、すっかり育った蔦《つた》がびっしりと窓を覆っていました。葉の間からは今日も青空が覗いています。

まだ現実感のない体で金井先生の部屋の前まで来て、ドアをノックした私は

「あの、すみません……この前、お借りした本を返しに来ました」

と覗いてみると、そこには本が山積みになった机があるだけでした。鍵が掛かってないなんて不用心だな、と思ったものの、ひとまず本を返そうとして私は室内に入りました。

机の隅に、大学の生協で売っているメッセージカードが重なっていました。白いカードには青い教会のイラストが転写されています。一枚だけ透明な袋から出されて、むき出しのまま置かれていました。

ほんの興味本位で、そっと、中を開きました。金井先生は進路の決まった学生にお祝いのカードを送るという話を聞いたことがあったので、誰がどこに就職したのか知りたいという好奇心もあって。

そこには、こう書かれていました。

『先日はたくさんの言葉を重ねて持論を展開してしまい、キリスト者らしくないふるまいをしました。帰ってから、強く後悔しました。結局は、更紗《さらさ》さんのことが大切だということなのです。』

私はしばらく困惑して立ち尽くしていました。

更紗、という変わった名前の学生に心当たりはありませんでした。最後の一文には、どう読んでも個人的な想いを感じました。

私は素早くカードを閉じて元に戻しました。

出直そうかと迷っていたら、ドアが開いて

「ああ、わざわざ本を返しに来てくれたんですね」

と金井先生が現れました。

「あ、はい。すみません、鍵が掛かってなかったから、中にいらっしゃるのかと思って」

「急な呼び出しがあったので慌てていて、鍵を忘れてしまったのです。いかがでしたか？　遠藤周作や福永武彦の作品は」

彼は清潔な笑みを浮かべて訊きました。北川さんとは違う、見え透いた欲望にも軽薄にも塗《まみ》れていない顔。

その顔を見ているうちに、神を信じることでつねに正しくいられる彼が少しだけ疎《うと》ましくなりました。胡散臭《うさんくさ》く、と言ってもいいかもしれません。

私は借りた本を返しながら

に、そんなふうになるのかな、て」

「ちょっと、意外でした。日本人でキリスト教徒だった作家は、皆、苦しんでたように見えて。絶えず、否定したり葛藤《かっとう》したりしてますよね。どうして自分から選んだのに、そんなふうになるのかな、て」

金井先生は深く頷くと、言いました。

「それはおそらく、キリスト教が絶対的な信仰を必要とするにもかかわらず、その内容自体には矛盾や非現実性が見られるからだと思います」

「それなのに、ぜんぶ信じるんですか？　本当かも分からないのに」

と私は積まれた本の間で視線をさまよわせながら、訊きました。

「だからこそ、信じることが必要なのです。理屈だけで考えたら、滑稽な徒労です。

しかし、その利害なき矛盾と絶対こそが神の存在の強度でもあるのですから。納得できたから信じる、というのは結局は人間の一自己判断に過ぎません。信じることとその結果というのは必ずしもイコールになるものではないのです。だからこそ人間は神ではないし、神と人間は違うという事実に身を任せられるのだと思います」

「読んだんですけど」

と遠慮しつつも口を開きました。

なんだか釈然としませんでした。前に、北川さんがあっさりと言い捨てた台詞《せりふ》が頭

の隅をよぎり、私はまるで彼を試すように
「金井先生、失礼なことを訊いてもいいですか？」

と質問を続けました。

「なんでしょう？」

「今の日本に、キリスト教って必要ですか？」

「日本という国自体にキリスト教が必要だったときは、おそらくありません」

私は驚いて、え、と訊き返しました。

「そもそもの始まりであるユダヤ教は、砂漠の民のものです。日本では風土も生活習慣も違いすぎます。すでに神道と仏教だけで混然かつ漠然とした神が完成されている。それを一つに淘汰《とうた》することは、おそらく無理でしょう。私が知っている信徒たちも、本当に戒律を守って熱心に信仰している人はごく一握《ひとにぎ》りです」

金井先生はふと我に返ったように、良かったら座ってくださいね、と右手で促しました。

椅子に腰掛けると、掛け時計は十二時半を指していました。お昼休みを削ってまで、私はどうして神様について金井先生と話しているのだろう、とぼんやり考えました。

「なぜ今さら、あえてキリスト教によって自分を律しなければならないのか、多くの日本人はそう感じるはずです。そんなことをしなくても、平和に生きてきたのですから」

「そうですね。それに、べつに宗教がなくても、普通に人はなにかしらを信じてると
いうことはしているからだと思います」

と私は思いついて言いました。

「そうですね。だけど、私たちは信じるものを少しずつ間違えているのかもしれませ
ん」

私はまるで北川さんのことを言い当てられたような気がして黙りました。

先週の朝、授業をサボって駆け込んだ病院は巨大なビルのワンフロアにひっそりと入っていて、目立った看板も出ていませんでした。

待合室は静まり返り、うつむいた女の子たちがまばらにソファーに腰掛けていました。ようやく私はここがどういう子たちの来る場所なのかを察しました。

数万円の錠剤をその場で飲み込んで、親のように説教しつつ心を配る婦人科の先生の言葉にうっかり泣きそうになりながらも、私は考えました。

中絶は罪だと言われる。それなら、お金さえ払えば簡単に手に入って最初からなか

ったことにできる、この数粒の錠剤を飲むことは神様にとって罪なのだろうか。人間の生み出したグレーゾーンまでもが神の産物だと、目の前の金井先生は言えるのだろうか。

「どうしましたか？　お会いしたときから、元気がないようでしたけど」

金井先生が、柔らかく尋ねました。その優しささえも責められているように感じながらも、ぼろぼろと虚勢が剝《は》がれて

「ちょっと男の人から、嫌な目にあって。でも、それこそ私が悪いんです。そういう人だって分かってたのに。引っかかったから」

と私は思わず打ち明けていました。

金井先生はいったん黙ると、眉間に皺《しわ》を寄せました。そうやっていると、少し実年齢に近付いたように見えました。

「いくつか、質問してもいいでしょうか？」

「あ、はい」

「あなたはその男性のことを愛していたのでしょうか？」

愛、という言葉があまりに場違いに響いたので、面食らいました。それから、北川さんの気を引くことに夢中で、自分の気持ちなんて忘れていたことに気付きました。

「愛、までは、いかないかもしれないです。でも、嫌いではなかったです。それよりもむこうが私のことをどう思っているのか、全然、分からなくて」

金井先生は一度短く頷くと、次の質問をしました。

「あなたは、倫理観とはなんだと思いますか。個人的な意見でかまいません」

私は軽く言葉に詰まってから、口を開きました。

「貞操観念、とか」

「では、貞操観念とはなんでしょうか」

「今時、古い考え方だと思います」

「性に開放的になることだって、別段、新しい考え方ではありませんよ。でも、私が訊きたいのは、そういうことではないのです。どうしてあなたたちは、自分の体を誰かの好きにさせてはいけないのか。自分たちだって青春の奔放《ほんぽう》さをそれなりに味わったはずの親や年長者が突然、いかめしい顔をして決まりきった言葉を繰り返すのか。世の中から一方的に押し付けられた考えではなく、自らじっくり考えたことはありますか？」

「いえ」

と私は渋々答えました。

「まあ、心配、されてるのは分かりますけど。あと、男の子はいいけど、女の子はダメだっていう男女差別的な価値観もありますよね」

「男女差は、たしかにそうですね。心配も正しい。なにより、そう決めつけなければ、誰もあなたたちを守らなくなるからです」

金井先生の口調は変わらず丁寧でしたが、私は動揺で脚がかすかに震えました。

「誰もって」

「誰もです。自分の体を守るという考えは、本来はあなた方への抑止力ではなく、取り巻く環境に対するものです。少なくとも私はそうあるべきだと思います。イエスが姦淫《かんいん》は罪であると言ったのは、本来、無秩序な欲望から女性を守るためであったように」

「金井先生は、私を責めてるんじゃないんですか？」

「責めているつもりはありません。そういうふうに響いてしまったら、申し訳ないと思います」

「でも、神様が人間をつくったなら、一方だけが守られないようにつくるなんて、そんなのただの残酷な遊びじゃないですか」

「私だって、本当に天国や地獄があるなんて思ってはいません」

金井先生がそう言い切ったので、私は軽く混乱しました。

「天国も地獄も、今生きている人間のためのものです。人が刹那《せつな》的になることなく、次の世代のために良きものをつなぐことができるように。本当に死んで終わりなら、いくらだって自由に生きられる。でも私は、そのことに納得できなかったのです。自由よりも、意味が欲しかった。だから、このキリスト教が必要のない国で今の仕事を」

そのとき私の鞄の中でスマートフォンが震えました。

なかなか震動が途切れなかったので、私は金井先生に軽く謝ってから電話に出ました。

「あ、琴子ちゃん。あのー、病院、大丈夫だった？」

北川さんからの初めての電話に、私はひどく動揺して、え、あ、はい、と責めるのも忘れて答えていました。顔をそむけ、声を潜めると
「あー、良かった。心配してたから」

と優しく言われて、にわかに目頭が熱くなり
「心配、してくれてたの？」

と尋ねると、途端に北川さんはいつもの調子で、おまえなー、とあきれたように笑い

ました。

「心配するに決まってますよ。それじゃあ、俺、ひどいやつでしょう」

「え、ひどい、とは思うけど……」

「ごめん。そっか。来週くらいにまた飯食いに行きましょう、て誘いたかったんだけど」

私は呆然と宙を仰ぎました。ちらちらと細かく舞う埃《ほこり》だけが目に映りました。

「……うん、分かった。木曜日なら大丈夫」

そう告げて、電話を切りました。ぬかるみに足を取られたような重たさと、熱っぽい高揚感が体を包み込んでいました。

金井先生がなにか言っていたけど、頭の隅ではもう北川さんのことに気を取られていました。

「引き留めて、すみません。お昼に行きましょう」

と言われたので、私はようやく解放されることにほっとして頷きました。

本校舎を二人で並んで出ると、並木道を行き交う学生たちがなぜか一様に新聞を手にしていることに気付きました。号外、という大きな文字が目に飛び込んできました。

「先生、あれはなんでしょうか……」

と訊く間もなく、金井先生がぱっと駆け出しました。ベンチで新聞を持ったままお喋りしていた学生たちに声をかけると、彼は新聞を一部持って戻って来ました。

新聞の一面には、中国政府は軍事的措置も視野に入れると発表、首相は「圧力には屈しない」と反発、という見出しが大きく刷り込まれていました。

「え、軍事的措置って、なんですか」

混乱しつつも実感がなくて尋ねると、金井先生が

「とうとうか」

と呟きました。

「そこまでの関係になってるなんて、全然」

「いえ、いつこうなってもおかしくないという見方はありました。本格的に海外へ逃げることを考えたほうがいいかもしれないですね」

「え、まさか、さすがにすぐにそんなことになるわけないです」

と私はびっくりして反論しました。

金井先生が驚いたような目をしました。それから、にわかに目が厳しくなって口を閉ざしました。私はわけも分からず居たたまれない気持ちになって、続けました。

「そんな戦時中みたいなことに、いくらなんでも、いきなりならないと思います」

今度ははっきりと、金井先生の目に憐れみめいたものが滲みました。

「イエスよ。あなたは実に見事に、禍《わざわい》な人と幸いな人を示された。だけど彼らのための言葉は用意しなかった。今あなたがいたら、この世界に一体どんな言葉を下さるのでしょう」

彼は、午後の授業は申し訳ないけど休講にします、と言い残すと、本校舎に向かって足早に歩いていきました。

取り残された私は、仕方なくその背中を見送りました。視界の端で、紙切れが転がるように飛んでいました。それは学生たちが捨てていった大量の号外でした。

サテライトの女たち

ガス入りの水を注文するたびに千円札が二枚も消えるわりには、この店のフォアグラは美味《おい》しくないと毎回思う。固めるテンプルで出来た脂みたい。赤ワインで押し流したものの、軽く吐き気を覚えて視線を上げた。

川端《かわばた》さんは誤解したように微笑《ほほえ》んだ。表情が崩れると、淋しい頭髪が目立つ。川端さんの媚《こ》びるような笑顔も苦手、と心の中で呟く。胸焼けがひどくなった気がして、注文するのをやめればいいのだけれど、フォアグラの赤ワイン煮は川端さんの好物なので仕方ない。

デザートの盛り合わせが運ばれてくる頃には、さすがに胃も落ち着いた。私は最初に飲んだシャンパンをまた注文した。

膨れた胃にしゅわと品の良い炭酸が染みる。するする飲んでいたら、川端さんがここぞとばかりに

「ドゥラモットは美味しいよね、だけど本当は結衣《ゆい》ちゃんには本物のほうを飲ませて

あげたいな」

と言ったので、私は首を傾げた。

「サロンっていうシャンパンはさ、葡萄《ぶどう》の当たり年にしか作られない高級シャンパンなんだよ。だけど、当たり年以外は全部葡萄を捨てるわけにもいかないじゃない。だから、それ以外の葡萄で作ったのが、その」

と私の傾けていたグラスを指さして言う。ドゥラモットなんだよ。

ふーん、と私は頷く。それからちょっと素っ気なかったかと思って、にゃーん、と付け足す。

「さて、じゃあ、そろそろ」

と川端さんは店員を呼ぶと、中くらいの紙袋を持って来させた。黒いリボンにブランドのロゴが浮き上がっている。

わーっと言いかけて、数週間前にさりげなく欲しがって見せたセリーヌではなく、グッチだと気付いてテンションが下がる。

包装紙をほどくと、茶色い持ち手の落ち着きすぎた黒いハンドバッグが出てきた。なんでバンブーなんだよ、と微妙な気分で思ったけれど、川端さんは嬉《うれ》しそうに
「あー、やっぱりいいなあ。俺、あんまりブランドが前面に出てるの苦手なんだよ。

でも、それだったら、さりげないと思って。結衣ちゃんの上品なワンピース姿にも似合うし」

と付け加えた。

あんたの趣味なんて知らないよ、と心の中でぼやいたけれど、彼の古臭いジャケットを見ていたら、仕方ないか、と思い直した。

「ありがとう、素敵《すてき》だね。嬉しい」

と感謝の言葉を口にしながら、私は素早くハンドバッグをしまった。

帰りのタクシーの中で、川端さんはじっと私の顔を見つめて言った。

「結衣ちゃんみたいに若くて可愛い子が、どうして俺なんかと付き合ってくれるんだろうって、いつも不思議に思うよ」

それは私がそこまで大物をつかまえられるほどの女じゃないからです、とは言わずに
「川端さんは十分に素敵ですよ。仕事もできるし。お金持ってても、派手な男の人って安っぽく見えるし」

とにっこり笑う。それは存外、嘘じゃなかった。

「まあね。社長はさ、喋りは上手いけど、経営のことはなにも分かってないんだよ。

経費だって、新しい部署や商品企画だって、ぜーんぶ俺が一度目を通さないと始まんないんだから」

と川端さんは我が子を語る親のような苦笑を浮かべた。

川端さんの会社の社長を、一度だけ雑誌で見たことがある。お弁当チェーン店の代表には似つかわしくない精悍《せいかん》なイケメンだった。地味で薄ら禿《はげ》のナンバー2が脚光を浴びることはまずない。

能力はあるのに派手な社長の陰に隠れているフラストレーションを解消するのが私、ではなく、正確には私という愛人を囲っている、という事実なのだ。

川端さんは、私の太腿《ふともも》にさりげなく手を置きながら言った。

「ちょっと痩《や》せた？　ますます脚、綺麗《きれい》になってるよ」

「飽きられないようにジムで絞《しぼ》ってきたから」

そう答えると、彼は、飽きるわけないよ、と真剣な顔になってから
「今日は休んでいっていい？」

と訊いた。

だけどまだ脳内でセリーヌという単語が回っていてそんな気分になれない。セックスだけでとっとと帰ってくれるならまだしも、彼が借りているマンションだからか、

いつまでも自宅みたいにお茶だの会話だのを要求してぐずぐず長居するし。

川端さんの手を太腿から剝《は》がし、皺《しわ》の目立ち始めた指を一本一本点検するように撫《な》でて、最後は指の股《また》をそっとさすりながら

「来てほしいけど、今日、生理前でお腹痛くて。本当は一緒にいたいんだけど……ごめんね」

と残念そうに微笑んでみせる。

彼はまんざらでもない口調で、仕方ないな、と頷いた直後

「もうっ、本当に可愛いんだから」

と感極まったように言って、のしかかってきた。

舌が入って来て、フランス料理の残り香を根こそぎさらうようにかき回されて、唇まで唾液《だえき》にまみれると面倒臭さがピークに達したけど、心頭滅却、こんなにしてくれてるんだから献身しなきゃ、と自分を殺しつつも薄目を開けると、ミラーに運転手の頭だけが映り込んで、今きっと憐れまれてる、と思ったら腹の底がかすかに冷えた。

真夜中、喉《のど》の渇きを覚えて目が覚めた。大きく寝返りを打って、ベッドから下りる。

がらんとしたカウンターキッチンの戸棚を開けると、ワイングラスとシャンパングラスが二組ずつ並んでいるだけ。あとは大皿と小皿が二枚ずつ。

住み始めて一年近くになるけど、クローゼットの中の洋服も玄関の靴も似たようなものだ。いつまで経っても男の部屋みたいだなあ、という川端さんの台詞《せりふ》が蘇《よみがえ》る。

冷蔵庫から二リットルの水のペットボトルを摑《つか》み、ワイングラスに注いで、飲み干す。頭の左側ばかりが痛む。

スマートフォンの光が点滅していた。ちらっと名前を確認して、裏返す。以前お世話になった信者の女性にメールアドレスを教えたことを後悔した。

結局、気になってしまってメールを開いた。

『結衣ちゃん。お元気ですか。おせっかいだと思ったけど、葉子《ようこ》さんが本当に危ないのでメールしました。今週が無理なら来週でも、一度、病院に顔を出してもらえないでしょうか？』

母親よりも年上の女性に敬語を使わせてしまったことに罪悪感を覚えながらも、考えたくなくてメールを消去した。

時々、私は夢の中でひどく怒る。相手の胸ぐらをつかみ、罵倒《ばとう》し、地面に押し倒して頬《ほお》を引っぱたき続ける。殺したってかまわないと思っている。

だけど、目が覚めたときには、その相手のことを好きで許せてしまう自分に戻っている。我慢でなく、自然にすとんと戻る。どうしてそんなに腹を立てていたのかさえ思い出せない。


この世には意味のあるオートロックと意味のないオートロックの二種類がある、と見慣れた銀色の数字のボタンを押しながら考える。

ホテルみたいにつやつやとしたロビーに足を踏み入れると、管理人室の窓がすっと開いて、中年の管理人がこちらを確認した。会釈《えしやく》を返してから、エレベーターに乗り込む。

胃が浮く感覚を抱きながら、ホテルみたいに感じるのは完全密閉されてるせいもあるな、と気付く。小さいマンションだとオートロックなのに外付けの階段があったりするけど、それをハル君に言ってもきっと信じないだろう。

エレベーターが開くと同時に、絨毯《じゆうたん》の敷かれた廊下の先のドアが開いた。

「結衣ちゃーんっ」

ハル君に呼びかけられて、私は手をあげながら

「おにいちゃん、たっだいま」

と返した。ハル君のいささか肉が付きすぎた丸顔は嬉しそうにふやけている。

ぺたぺたと足の裏を鳴らしながら、だだっ広いリビングに着くと、私は黄色いソファーにすとんと腰を下ろした。

「ハル君にもらったバッグ、すごい使ってるよ」

とにっこり笑ってセリーヌのバッグを見せる。

途端に彼は自慢げに喋り出した。

「この前のイベントの帰りに、彼女にセリーヌのバッグをあげたって言ったら、レイヤーの女の子たちが大騒ぎしちゃってさー。でも結衣ちゃんの写真見せたら、みんな納得してたよ。ふふ」

「ちょっと、恥ずかしいからやめてよ」

と照れたふりをしつつ、そりゃこいつにまともな彼女がいたらビビるよな、と内心思う。

「そういえば、ハルヒ観たよ」

と告げると
「今ハルヒかよ！　遅すぎるって」

そう突っ込みながらも、彼は露骨に嬉しそうな顔をした。

「でも、ハルヒってすごい美少女って設定なんだよね。そこまで可愛くなくない？長門《ながと》のほうが可愛いじゃん」

「あれは、ああいう仕様だから、いいんだよ。あ、あの花のブルーレイボックス持っていきなよ。マジおすすめだから」

私はソファーの上で膝を抱えた。そして、ホームシアターのスクリーンを引き下ろしている背中に
「でも、うちのテレビ小さいからなあ。まとめて観ると、疲れるんだよね」

とぼやいたら、ハル君は振り返りもせずに、何インチ、と訊き返した。

「えっと、13、とか、17インチとか。あんまちゃんと覚えてないけど」

「は？　なにそれ。そんな小さいと蟻《あり》とか昆虫とか映らないでしょ」

「失敬だなー。大きいテレビ高いんだもん」

ハル君はリモコン片手に戻ってきて、となりに腰を下ろしたかと思うと、また慌ただしく立ち上がった。

「コーラ、コーラ。あとピザ取るけど、何味がいい？」

シーフードッ、と私は元気に答えて、冷えたコーラを受け取った。

「でも、そんな小さいテレビだと面白さ伝わんないだろうな。置ける場所あるなら、結衣ちゃんに鑑賞用のテレビ贈ってもいいくらいだけど」

「え、ほんと？」

ペットボトルの蓋《ふた》をひねりながら、驚いたふりをして前のめりになる。

「結衣ちゃんの部屋に行ったことないから分かんないけど、42型くらいがいいかなー。今なら4Kのやつがいいよね」

「私の部屋、普通の古いアパートだから、ハル君を呼ぶの恥ずかしいんだもん。てか、よんけーー？」

「結衣ちゃんって本当に家電のこと知らないんだなあ。プラズマより新しいやつだよ」

「そんなの出てるの？　ハル君って詳しいよね。前にくれたパソコンも使いやすくしてくれたし。頭いいと色々できるんだね」

ハル君はだらしのない笑みを浮かべて、俺より頭いいやつなんてたくさんいるよ、と返した。私は心の中で相槌《あいづち》を打つ。うん、知ってる。

実家が資産家で赤坂にビル付きの土地まで持ってるから適当に遊んで生きていけるのに、中途半端に学力があったから「俺は弁護士になる」と宣言して法科大学院に入った挙句、司法試験に二回落ちて残りの一回をずるずる引き延ばしていることも。

部屋が暗くなって大迫力のアニメが始まると、ハル君はいっそう饒舌《じょうぜつ》になった。

私はコーラを飲みながら、適当に相槌を打つ。こいつと話してると、ひきこもりの様子を見に来た民生委員みたいな気分になる。

高い天井を仰ぎ見ると、アニメの青い光がさざ波のように映って揺れていた。ふっと息をつく。

「このマンションって本当によその物音しないよね。静か」

「結衣ちゃんの家は、そんなことなかったの？」

とハル君が訊いた。団地だったし、と答える。

「ふうん。団地ってやっぱりうるさいの？」

「うるさいよー。上の階の子供の足音とか毎日聞こえるし。でも、楽しかったけどね」

そっか、と彼は同情したように呟いた。私の親のことは、出会ったばかりの頃に、神様のところに行っちゃった、とだけ話してある。

ハル君とは、一時期、登録していた派遣会社のイベントコンパニオンとしてモーターショーに出たときに知り合った。

「わー。すごい、人形みたいな脚してる。コスプレとかしてほしいな。そっちには興味ないんですか」

と歓喜して写真を撮りまくっていたので、無邪気な笑顔と空気の読めない言動にぴんときて

「車、お好きなんですか？」

私が尋ねてみたら、彼は、うん、と屈託なく頷いた。

「親父が自家用車の三台目は僕の好きな車種でいいっていうから、見に来たんですよ」

と言われて即座に、よーし、このポケモンゲットしておこう、と連絡先を交換したのだった。

明け方五時にようやくDVDを観終えて、セミダブルのベッドに潜り込むと、ハル君が迫ってきたので辟易した。

もう眠いからー、と寝返りを打っても、いいじゃん、と言ってのしかかってくる。一瞬だけ突き飛ばしたい衝動に駆られたけれど、今まで彼女もいなかったハル君に女の気持ちが分かるわけない、と割り切って、献身のために服を脱がされていく。

淡い闇の中で、ハル君は軟体動物のようにうねうねと腰を前後させる。いっそうふ

やけたような裸は白い。遅いし経験もないから単調な挿入が延々と続き、私は腰に疲労感を覚えながら、投げ出すように天井を見ていた。薄ぼんやりとした意識の片隅で、母の声が聞こえた気がした。

公団住宅の夕方はいつも淋しかった。足早に帰ろうとする私の影もじょじょに薄く消えていく。一時の茜空《あかねぞら》も、すぐに散って夜が深くなる。

ドアを開けたら、奥の和室に母が座って待っていた。

嫌な予感を覚えつつ、玄関でローファーを脱いだ。台所を抜けて、お母さんただいま、と呼びかける。砂壁は所々ひび割れて、画鋲《がびよう》の穴が空いている。

畳の上にデパートの紙袋と白いワンピースが広げられていた。それで、分かった。

「結衣、何度も言ってるでしょう。無駄遣いしないでって。うちのお金は普通のお金と違うって」

幼い頃から幾度となく繰り返された台詞。

うちのお金は

「信者さんたちの真剣な祈りのお金なのよ。それなのに必要のないものを買って。服なら最低限は」

「違うよ」

と母の左肩越しに見える窓へと視線をずらし、呟く。

新興宗教やってると金儲《もう》かるんだろ、とクラスの男子に言われた台詞を思い出す。

お祈りのための家はあるけれど、実際に私たちが住んでいるのは団地だし、全員で聖書に沿って真面目に信仰してるんだから悪徳宗教と一緒にするな。なんて、言えなかった。そういうときはいつも日当たりの悪い団地の一室で、神様を拝む母のことを思い出して気の毒な気持ちになった。

娘にすら肯定されていない母。

「結衣。違わない」

「だから違うって。それ、本間《ほんま》さんが買ってくれたんだもん」

母はつかの間、放心した。

本人の意思に反して、ぽってりとして官能的な唇が戸惑ったように動く。

「誰に、買ってもらったって？」

「ネットで知り合ったサラリーマン。本間さんって名前と携帯番号は知ってるけど、本名かは分かんない」

「返してきなさい」

母は綺麗な瞳で言い切った。

二度と連絡を取らないで、じゃないのか。母のことを馬鹿だと思った瞬間、罪悪感で胸が潰れそうになったけれど
「やだ。これは本間さんが私のためだけに買ってくれた物だから。神様のおかげじゃなくて、正真正銘、私だからもらえた物だもん」

そう皮肉交じりに反論したら
「そんなこと言って、神様に恥ずかしいと思わないの?」

とまったく動じることなく諭されて、罪の意識が裏返って憎しみになるのを感じた。

「……どこにもいない神様を祭って、イエスのふんどしで喋ってるだけでしょう」

とうとう言ってやった、という高揚感で口の中が渇いた。

母は悲しそうに私を諭した。

「ふんどし、なんて言葉を女の子が使わないで。結衣。宇宙の仕組みは」

「知ってるよ。すべては動くものと動かすもの、作るものと作られるものの二つに分けられるから、その動力の最初の中心、すなわち最初の創造者がある、それが神である。科学ですら神の創造物である。だから科学の肯定は神の否定ではない。神はつねに私たちを見ている。神自らの矛盾こそ、私たちの信仰心を試すものであり、神のな

んらかの意図なのだ。だから私たちはすべてを否定しない。私たちの敵でさえも。ただ、同情の眼差しを向ける。

うちの経本《きょうほん》に書いてあるよね。けど、それなら自分の信じている神が、最初の創造者である神と同一人物だってことは、どうやって証明するの?」

「証明なんて言い方、本来は神を試すようなことはしちゃいけないのよ。ただ信じるしかない。その信仰へと私が導かれたことが、なによりも神がいる証明じゃない」

「違うよ。私たちは神様なんて一生知らずに死んでいくんだよ。お母さんたちのは、壮大な逃避だよ」

「また、そんなふうに穿《うが》った見方ばかりして。それに結衣に、私たちの神様と創造主が別人だという証明はできないでしょう」

「痴漢と一緒だね。してないことを証明できなきゃ、言い出したほうに負けるの。でも、その神様って絶対に男だよね。だからこの世にこんなに強姦や性犯罪が多くて、AV観るみたいに下界を操作して、女ばかり犠牲にするんだよ。その神様の意図で、お母さんたちは憎みたいものも憎めな」

突然、母が泣き出しそうになって両手を伸ばした。

蛍光灯の逆光で陰った母は、ふるえる手を私の両肩にそっと置いた。

「どうしてそんなことばかり言うの。結衣は責任取れる？　あなたの信仰心の薄さのせいで、皆が天国にいけなくなったら。もしうちの信者さんたちが不幸になったら、それは結衣の責任になるのよ。その重さが分からないの？」

どうして神様に関わっている人間の瞳は綺麗に透き通っていて、どこにも焦点が合ってなくて気持ち悪いのだろう。

「結衣は分かってない。自分だけが正しいと思ってる。それはとても傲慢《ごうまん》なことなのよ」

たしかに私には分からない。分かっているのは、母がさっき私の首を絞《し》めかけたことだけ。

親子は残酷だ。考え方すら歩み寄ることができないのに、ほんの一、二秒の逡巡の意味を読み取れてしまう。

「結衣を救いたいのに」

と真顔で言われて、逃げなきゃ、と初めて強く思った。ユダのように。

きっとユダは引いたのだ。うわあ、なんでこの人たちってこんなに信じちゃってるんだろう、なんの根拠もないのに。

そんなふうに気付いてしまった瞬間、ここにはいられないことを悟った。

中目黒のワイン講習会で知り合ったのは造船会社の元お偉いさんで、オールバックにしたロマンスグレーにアルマーニのジャケットという組み合わせがいかにも小金持ちの紳士だったから、声をかけてみた。

テイスティングできゃっきゃしていたときには素敵だと思ったものの、二回目に銀座の寿司屋のカウンターで横並びになってみたら、船造った話しかしないし、手をすっと差し出されて、あなたみたいに美しい女性は、と予想通りの台詞を口にされたので、あーこれもう無理だ、と思った。

話はつまんない上に、意外と見栄を張るわけでもなく寿司屋の価格帯も堅実で、この人から定期的に現金を引き出すのは難しい、と悟る。

挙句、昔から行きつけだというう古めかしいバーだかパブだか分からない店に連れて行かれ、最初は

「こういう場所って新鮮です」

などと気を遣ってみたものの、大して好きでもない高級ウィスキー二杯で嫌気が差した。

おざなりな相槌を打って、最後は店のママと喋って盛り上がっていたら、さすがに

察したのか
「まあ、また機会があれば飲みましょう。素敵な女性と飲めて今夜は楽しかったですよ」

と彼は告げて、ゆっくりと椅子から立ち上がった。私もそのときだけはペースを合わせて、丁寧に椅子から立つ。

送ってくれるというのを断って、夜の街を一人で歩き出した途端、疲労がどっと肩にのしかかってきた。

私は片手を挙げてタクシーを拾い、乗り込みながら
「歌舞伎町まで」

と早口に告げた。

タクシーが到着すると、私は防音のドアを力いっぱい押した。

地下へと続く黒い階段を踏む。一段ずつ下がっていくたびに、悪い空気に内臓まで浸食される感じがしてぞくぞくする。

黒服のボーイに顔を見せると、すぐに店内に通されて
「いらっしゃいませー！　姫のご来店です！」

と大声が響いた。

間接照明を使って高級感を出そうとしてはいるけれど、実際は安っぽい革張りの黒いソファーに座った女性客たちとホストがこちらを品定めするように見た。

席に着くと、すぐに新人のホストたちが両隣についた。

指名相手の雪成《ゆきなり》がワンテンポ遅れてやって来ると、すっと片側が空いた。

「結衣ちゃん、いきなりシャンパン!! いいじゃん、いいじゃん」

雪成は隣に座りながら、グラスを持ち上げた。適度な茶髪に適当な喋り、クラスで上から三番目くらいの容姿。どこにも緊張を強いる要素がなくて、ほっとする。

「いつもはコールできないような安いお酒でごめんねー」

「えー、そんなのいいって。俺、適当に稼げればいいから。誕生日のときだけちょっとがんばってくれれば、ね」

「んー、考えとく。てか、他からも指名入ってたよね。大丈夫?」

雪成は渋い顔をつくって、耳元に唇をぎりぎりまで寄せてくると、囁いた。

「あっちのＶＩＰ、某有名モデルが来てるんだけどさー。すげえ話つまんなくて。自慢ばっか。マジで結衣ちゃんが来てくれて助かったよ」

「つーかそれ、近距離で喋っていいの?」

私はシャンパングラスを傾けながら、あきれて笑った。

「全然。俺が戻ってくるまでに面白いネタ用意しとけって言い捨ててきたから」

「芸人じゃないんだから」

煙草《たばこ》をくわえようとすると、すかさず新人ホストの片方がライターを差し出した。ちらっとだけ顔を確かめる。容姿はわりに整っているけれど、どことなく目が暗かった。

「結衣ちゃん。綺麗な格好してるけどー、まさか俺以外とデートですか？」

「もちろん。で、つまんなかったから、浮気はやめて雪成に会いに来た」

「なんだよ、それ。で、今度はどこのオジサマ？」

雪成はがんがんシャンパンを飲み干して、訊いた。ボトル入れるかー、と私は憂《う》さ晴らしもかねてメニューを指さしてから、話を戻した。

「なんか船造ってた、えらい人。お金持ってるわりにケチで萎《な》えた」

「あ、そりゃあダメでしょ。男はやっぱ出すときは出さなきゃ。まあ、半分は嫉妬だけどね」

「あー？」

「だって、俺が可愛いって思ってる子に、たとえ割り切ってても特定の愛人のオッサンがいるとか複雑じゃん」

「いや、ほんと、そういうのいいから。雪成には友達営業以外は求めてないから。疑似恋愛もセックスも飽和状態だから。楽しく喋りたいだけなのー」

「結衣ちゃん冷たーいー」

「雪成うざいー」

げらげら笑い合っていると、雪成はふたたびＶＩＰルームに呼ばれ、片方の新人ホストを連れて席を立ってしまった。

有名モデル様が相手じゃあ仕方ないよな、と分をわきまえつつも、退屈なのでもう帰ろうかと思ったとき
「結衣さんって、普段なにしてるんですか？」

視線を向けると、残った新人ホストが人懐こい笑みを浮かべて答えを待っていた。長い前髪のせいか、やっぱり表情が暗く見えた。

「イベントのコンパニオンとか。でも、メインは愛人」

「愛人？　すっげえ」

「そんな大したもんじゃないよ」

と私は表情を消して、短くなった煙草の先を灰皿に押し付けた。片目をこすると、指の腹に一本だけ取れたまつげエクステが張り付いた。

「え、マンションとか買ってもらっちゃった感じですか!?」

「ううん。そんなお金持ちじゃないもん。借りてはもらってるけど」

「十分すごいじゃないですか。結衣さんって可愛いですもんね。脚とかめっちゃ綺麗だって言われません？」

「体型維持しないと、コンパニオンも愛人もできないから」

「そっかー。俺、先月このお店に来たばっかりなんです。ルイって言います」

「ルイ十六世とかのルイ？」

「うわー、マジでそうなんですけど、それ当てられたの結衣さんが初めてですよ」

「だってほかにないじゃん。前もこういう店にいたの？」

「いえ、初めてです。だから全然慣れてなくて。キャバ嬢の子が多いのかなって思ってたら、けっこう年配の人とか普通のOLさんも多くて意外だったんですけど」

結論のないトークに相槌だけを返しながら、ちらっとVIPルームのほうを見ると、仕切り越しにわっと大きな笑い声があがった。

つまんないとか言ってたけど盛り上がってんじゃん、と若干白けた気分になったとき
「雪成さんとは、もう長いんですか」

と訊かれて、はあ、と訊き返した。

「え、だってすげえ仲良さそうだから、彼女なのかなって」

と小声で言われて、私は、違うよ、と素っ気なく否定した。

「恋愛したことないもん」

「マジで？　その愛人やってる相手のことは好きじゃないんですか」

「好きなわけないでしょう。お金で若い女囲ってるおじさんなんて。あと不定期では何人かいるけど、どれも仕事みたいな感覚だもん」

そう言い切った瞬間、両手が伸びてきて挟むように頰を包まれた。

「俺、結衣さんに本気の愛っていうのがどういうものか教えてあげたいよ」

軽薄な喧騒《けんそう》の中で、私たちの席だけが切り離されたように音がやんだ。

私は小さく、だってもう雪成がいるし、と呟いた。

「来月から、道路渡ったところに新店舗ができるんだ。俺そっちに行かされることになってて」

「あ……なるほど、ね」

「無理だったら仕方ないけど、開店した直後の一回だけでいいから」

「分かった、顔出してもいいけど」

それってルール違反じゃないの、と指摘する間も与えずに
「マジで!? あーっ、本当に嬉しい。今日結衣さんに会えて良かった」

などと言いながら、首の後ろに柔らかく手を添えられて、髪を持ち上げられた。

「結衣さんって髪長いのも似合うけど、こうやってまとめたほうが色っぽくて俺の好み」

にわかに声が湿り気を帯びて、溶けそうな眼差しを受けた。

私は悟った。こいつ、ずっとこういうことをやっていたんだ。仕事だからじゃない。本能にまで染み込んでる。

「ね、髪型変えてきてよ。次に会うときまでに」

私は小さく頷く。内臓にまで手を突っ込まれたような不安と恍惚《こうこつ》にふるえた。

「分かった……また来るね。たくさんお金持って」

それから、毎晩のようにルイからのメールが届いた。

『今日のお客さん、母親と同い年だった。息子みたいとかいってべたべたされて、マジきつかった。』

『今日もトップに怒られてへこんだ。でも俺のこと期待してるって。』

『結衣ちゃんってほんと優しいよね。この前会ったとき、マジ好みだと思ったもん。』

『おせじじゃないって！　はやく会いたいよ。べつに店じゃなくてもいいよ。デートしない？』

『迷惑じゃないよ。好きじゃないのに客とデートとかめんどいだけだし。本気だよ、俺。』

『今日の結衣かわいかったー。私服あんな感じなんだ。俺、すっごいタイプ。店来るときも、ああいうふつうのお嬢様っぽいのがいいな。俺と同じタイミングで入ったやつとか、仲いいから、紹介したい。』

『なんかあったらすぐ電話してこいよ。仕事中はいそがしいからむずかしいかもしんないけど。でも、できるだけはやく返すから。味方だから！』

『やばい、今月の売り上げ、俺だけ全然低かった。へこんだ。』

『世話してくれた人に迷惑とかかかるから、マジでがんばるよ。結衣にもせっかく来てくれたときに恥かかせたくないし。』

『俺、ふつうすぎて、この仕事むいてないのかも。地元帰ろうかな。結衣に会えなくなっちゃうのはさびしいけど。』

『ごめんな。頼って。愛してる。うわ……生まれて初めて言った。俺。』

『サンキュ！　待ってるから。』

夜中にベッドで眠り込んでいると、鍵を開ける音で目が覚めた。

ようやく来たか、と思いながら、あらかじめ薄化粧しておいた顔を鏡に映す。髪をさっと整えて、明かりの灯《とも》ったリビングに飛び出していき

「川端さん……あ、来てくれたんだ」

上の空を装った声を出して、目だけで笑ってみせた。

川端さんは鞄を放り出すようにソファーに置いて、すっ飛んできた。

「そりゃあ来るよっ。俺びっくりしたんだから」

「え、なんで？」

「当たり前でしょう。結衣ちゃんが泣きながら留守電吹き込んできたら。メールしても返事ないしさあ。もう、気が気じゃなかったよ。最近会ってなかったから淋しくなっちゃったんじゃないかと思って」

「べつにほかにもボーイフレンドいるから淋しくないもーん。でも、嬉しい。ありがとう」

「またまた、困らせるようなこと言って」

「仕事は大丈夫？」

「仕事は、大丈夫だよ。今日は会食の予定もなかったし」

家庭は？、とは訊かない。罪悪感を刺激するから。私はあえて無頓着《むとんちゃく》なふりをして
「ラッキー。じゃあ、ちょっと一緒に飲もうよ」

とはしゃいでみせると、川端さんは、そのつもりで来たよ、とソファーに腰を下ろし

た。

台所へ行き、ワインセラーから高めの白ワインを出してくる。詰め合わせのチーズのパッケージを破り、適当にお皿に盛って
「どうぞ」

と目の前のローテーブルに置くと、川端さんは油断しきった表情で癒《いや》される側にまわった。

白ワインは甘くてとろみがあって美味しかった。ひとしきり飲んでから、川端さんのたるんだお腹に視線を落とす。

「はあ……会えて、良かった。珍しくへこんでたから」

川端さんが思い出したように前かがみになって、それそれ、と言った。

「なにがあったの？　ショックなことがあった、なんて泣いてたけど」

「私の両親って神様のところに行っちゃってるでしょう？　だから私、高校卒業してからは親戚とも疎遠だったんだけど」

「うん」

「その父方の伯父がいきなり連絡してきて、死ぬ前にうちの父親に貸してた金を返せって言ってきたの」

「は？　なんで、結衣ちゃんにいきなり」

「なんか雑誌でコンパニオンやってる私の写真が載ってて、それで連絡先突き止めたって。芸能人みたいなことしてるならお金あるだろうって。その伯父さん、昔は会社やってて羽振りが良かったんだけど、倒産したみたいで。ていうか、もともとお金にだらしないし、お酒癖わるいし、言いたくないけど……小さい頃、私、その伯父さんにちょっと変なことされたから。もう、本当なら声も聞きたくないんだ」

　同情したように話を聞いていた川端さんが、すっと冷たい目になって
「そんなろくでなしに払う金なんて、ないだろう。うちの弁護士紹介しようか？」

と言い出した。かすかに背中に緊張が走る。やり手のナンバー2に変貌している。

　私は情けなく微笑んでから、首を横に振った。

「そんなことしたら、色々バレて、川端さんに迷惑かかっちゃうもん」

「大丈夫だよ。弁護士だって守秘義務があるんだから」

「ううん、いいの。聞いてほしかっただけだから。私もコンパニオン以外の仕事始めれば、払えない額じゃないし」

「コンパニオン以外の仕事？」

「うん。同じバイトの子がね、最近勤め始めたお店があって。割がいいし、そんなに

危険なこともないみたいだから」

「え、それってまさか風俗じゃないの」

「違う、違う。本番はないし。ちょっと手伝ったりするだけだから」

「いや、結衣ちゃんにそんなことさせられないでしょう」

「でも、半年も働けば返せるし、逆恨みされたら、そっちのほうが怖いもん。私、守ってくれる親もいないし」

「でも結衣ちゃんが負うようなことじゃないよ、そんなの」

「……嬉しいけど、愛人してるような子だよ。私。川端さんに甘えて楽してないで、それくらいしたほうが似合うんだよ。今までも男の人に騙《だま》されたり、拒絶して嫌なことされたりしたから、言うこときいたほうが正直、楽」

川端さんは私を抱きしめた。

そんなことが似合うなんて言ったらいけないよ。

耳元で諭され、私はぼんやりと宙を見る。気取った間接照明の光がにじむ。

川端さん、と頬に唇を添わせると、激しくキスを返してきた。ゆっくりと、胸をまさぐる分厚い手。こういう冴えない中年ほどセックスが上手いのはなぜだろう。そしてなんで男って自分だけは違うって思うのだろう。てめえも同じ穴の貉《むじな》だろうが。男って本当に頭悪い女のぬるい薄幸話が好きだな。

そんなくだらない同情を性欲に昇華した川端さんに抱かれながら、私は不思議と幸福感を覚えた。天井が、遠い。


青い夜明けの中で、水死体のようにふやけた白い寝顔を見つめる。汗で濡れた前髪が海藻のように張り付いている。

「川端さん、起きて。時間、大丈夫？」

私は裸の肩を揺すった。ゆるく肉の揺れる感じが、煮崩れしたはんぺんを思わせた。

壁の時計は午前五時をまわっていた。

川端さんが起き上がって、ふうう、とやけに余裕のある息を吐いたかと思うと
「ああ、おはよう。大丈夫、大丈夫。今日は朝までいられるから」

と答えたので、嫁と子供は実家だな、と気付く。

「さっきの話だけど、いくらだっけ？」

と唐突に切り出された。

私は忘れたふりをして、え、と首を傾げてから

「あ、あの、伯父さんの話。本当に心配しなくていいから」

とだけ答えた。

「五百万くらい？」

「まさか。そこまで……百五十万か、百八十万とか、だったと思う」

「なんだ。そうか、分かった」

「え、どういうこと？」

川端さんは裸の体を起こして、真顔になった。

「さっきの話は嘘だろ？」

私はなにも言わずに、傷ついたようにうつむいた。

そんな私の頭を、川端さんはそっと撫でた。

「でもいいよ。俺と結衣ちゃんは付き合ってるんだからさ。借用書見せろとか、無粋なこと言わないよ。おおかた彼氏が借金こさえたとか、そんなことだと思うけど」

「川端さん。それは本当に、違う」

「分かった、分かった。そうだな、百八十万じゃあキリが悪いから、いっそ二百万でいいよ。ただ自分が苦労して稼いだ金を、どこかの若いろくでなしのために無償で捧げるのは、さすがになあ、と思ってたんだよね。結衣ちゃんも気を遣うだろうし」

「気は、遣う。だからそういうところで働いて返すつもりで」

川端さんは、私の手をそっと取った。肉厚で、体温の高い手のひら。この人は本当に私のことが好きなんだなあ、と薄ぼんやり考える。

この不況に、いくら繁盛しているチェーン店の副社長とはいえ、家族にも内緒でいきなり二百万渡すのはけっして楽なことじゃないはずだ。

「だから、二百万でなにしたいか考えてたんだ」

「え?」

「結衣ちゃんとするのは毎回満足してるけど。でも、もし試せるなら、やりたいことがあって」

「試せる、てなにを」

「そういうビデオでさ、昔から女の子が何人も出てくるやつが好きだったんだよね。結衣ちゃんには変態だと思われるかもしれないけど」

川端さんは冗談めかして笑った。だけど全然おかしくない。口元が引きつらないように気をつけながら訊き返す。

「それって複数でするとか、そういうこと?」

「そうじゃなくて、いじめ系。されてる子は一人で、それを同性のクラスメイトに見られてるやつ」

　正気かこの狸《たぬき》オヤジ。

　私は曖昧《あいまい》に微笑みながら首を横に振った。だけど彼は摑んだ右の手のひらを離さない。いっそう力を込めてくる。

「でも私、女の子の友達ってあんまりいないし。そんなことお願いできる子なんて」

「うん。さすがにそれは無理だろうけどさ」

「え、じゃあ」

「渋谷とかをうろうろしてる二人組の女の子を雇えばいいと思うんだ。ちゃんとしたホテルのロビーで待ち合わせて、友達同士で見てるだけで十万払うって言えば、乗ってくる子はいると思うんだよ。僕らはそういう趣味のカップルだって言ってさ。声をかけるときに結衣ちゃんが一緒なら、むこうも安心するでしょう?」

　整然としたホテルのラウンジを見て、立ちすくむ。大理石の床の眩しさにもう後悔し始めた。

　すっぽかすだろうと思っていた女子高生二人は我が物顔でソファーを占領して、お喋りしていた。つやのある黒髪を揺らして、お揃いみたいなニットを着てミニスカートから無防備に脚を出している。

「さ、行こうよ」

と川端さんに肩を抱かれて、振りほどきたくなる衝動を必死に堪《こら》える。

「二人とも、こんばんは」

川端さんが正面にまわって穏やかに声をかけると、女の子二人は素っ気なく、どうも、と挨拶した。

一昨日の夜、渋谷で声をかけるたびに女の子たちから不躾《ぶしつけ》な視線を向けられたことを思い出す。頭がおかしいと思われるよりも、こんな男と寝るのかと冷静に嫌悪されていることに神経が軋《きし》んだ。

目の前の二人が目配せして含み笑いしたのを見て、胃の痛みが増していく。

四人でエレベーターに乗り込むと、二人は小声で会話を始めた。

「このホテル、うちの親の結婚記念日で来たことある」

「マジで。いいね。ご飯食べに来たの？」

「うん。フランス料理」

「すごーい。うちの親とかありえないんだけど」

ふと既視感を覚え、この子たちと自分が三、四歳しか変わらないことを急に意識した。

　仲間以外の同性の視線はいつだって近くて冷たい。つねに値踏みして張り合って崇《あが》めたり卑屈になることから逃れられない。

　二人とも薄く化粧をしているけど、笑った顔は幼かった。

　付き合ってる男の子いるのかな、と考えながら、エレベーターを降りて廊下を歩いていると
「二人とも彼氏はいるの？」

と川端さんが鈍感力を発揮して訊いた。

　二人はふざけたように首を傾げて、えー、と言ってから
「私は、います」

　目が細くて太めの子のほうがちょっと誇らしげに自己申告した。

　わりと可愛い女の子のほうが
「いない」

とあっさり答える。大きな瞳に力があって、きっと高校の部活は運動部で女友達が多くて、いじめる側といじめられる側だったら、いじめる側だろう。

　そんなことを想像しながら見ていたら、怪訝《けげん》な顔をされて、反射的に愛想笑いして

しまった。

彼女はなにかを察したように、私の笑顔を無視して目の細い女友達と喋り始めた。ヒエラルキー、という単語が脳内をよぎる。動物のように本能的に決定づけられる順位。どんどん嫌な汗をかいてくる。

川端さんの背中に無言で訴えかけるものの、彼は振り返りもせずにキーを差してドアノブに手を掛けた。

「すごーい、広いし」

と女の子たちは室内を見渡すと、薄茶色いリゾート風のソファーに腰掛けた。

「ルームサービス頼む？」

と川端さんが私ではなく、彼女たちにメニューを渡した。

カシスオレンジ、ジンジャーエール、サンドウィッチとフルーツ盛り合わせ、とばらばらのオーダーをする声に、なぜか唐突な嫉妬を覚える。制服を着ているだけで無敵だった頃を思い出した。特別扱いされることよりも、自分自身の価値に無頓着でいられたことがなによりも幸福だったことに気付く。

背を向けて荷物を隅に置いている間、川端さんと彼女たちがなにか言い合って、ふいに爆笑が起きた。私は急激にこみ上げた苛立ちを押しとどめるために、上着で隠したスマートフォンを起動させた。

ルームサービスのワゴンが運ばれてきて、ボーイが一通り置いて去っていくと、二人は飲食を始めた。思い出したように喋っては、すぐに途切れる。

彼女たちも緊張していることを感じ取ると同時に
「結衣ちゃん。そろそろおいで。時間がもったいないから」

と川端さんがベッドの上に座り込みながら、手招きした。

目の細い子が気まずさを覚えたようにストローでずずっとジンジャーエールを啜《すす》った。可愛い子のほうは平然とこちらを見据えている。

「君たちは食べててもいいよ。ただ、視線はこっちね」

ソファーから振り向いた女の子たちの視線をもろに受けながら、うつむいてベッドに上がる。川端さんの顔が近付いてきた瞬間に
「ほんとに、やるんだ」

という呟きを背中に受けて、体が凍った。両手でがしっと挟み込まれてキスされた。

舐《な》めまわすような口づけに息を殺す。唾液の臭いがしつこくて引き気味でいたら、頬をわざと潰れるように両手で押された。顔も髪もぐちゃぐちゃになっていく。

セックスを見られるよりも酷いと思っていたら、川端さんがシャツを脱ぎ始めたの

で、救われたように髪を素早く撫でつけてボタンを外すのを手伝う。

ズボンを下ろすと、赤いトランクスのハート柄がださくて、今日一番惨《みじ》めな気持ちになった。濃い体毛をまとっただらしない中年の体を、私はずっと心の中で嘲笑していたのに、今は自分の分身のように感じた。少なくとも彼女たちからはそう見えている。この人、こんなおじさんが好きなんだ。ありえない。

横になって天井だけ見ていたい、と思ったけど、川端さんは私のワンピースを剝がすように脱がせて下着姿にすると
「結衣ちゃんはむこう向いて。後ろから抱きかかえて、よくしてあげるから」

と囁きながら両肩を摑んだ。わずかに抵抗すると、びっくりするほど暴力的な腕力に肩を抱え込まれた。

ソファーのほうを向かされると、彼女たちは若干気まずそうに目をそらした。背骨に川端さんの腹の体温を感じる。いつも温かいと思っていた人肌。下着の中に指が入ってくる。彼女たちの視線が集まって、また泳ぐ。もう二人とも笑っていなかった。無関係を装うように表情を消していた。

痴漢されていることに気付いているのに誰も助けてくれない電車内のようだ。川端さんが淡々と指を動かしながら

「結衣ちゃん。緊張してる？」

と訊いた。緊張とは違うけれど仕方なく頷く。全然、反応しない。痛いだけで、攣《つ》るような感触に目をつむっていると

「おい。結衣。目を開けなさい」

突然、呼び捨てにされて、なんで気付いたのかとびっくりして目を開く。

川端さんはべったりと頰をつけるようにして、私の顔を覗き込んでいた。薄く開いた目は充血していて、本当に死んだ魚の目だと思った。

「これでも使うかな」

と川端さんが振り返ってなにかを取り出した。本気で怯えていると、ブラジャーで隠れた胸の谷間に唾液が糸を引いたような、透明な液体がつうと落ちてきた。

「ちょ、川端さん、私、それ嫌い」

本音だった。石鹼《せっけん》の泡やクリームと違って、人工的に皮膚をふさぐようなローションの感触が生理的に苦手だった。だけど川端さんは無視して、今度はお腹の上に流し込んできた。冷たくてびくっとする。奥まで流れ込んでくると、川端さんが指の腹で撫でつけながら擦った。思考の速度が落ちる。胸を揉《も》まれ、吐息がかすかに乱れる。

「ぬるぬるだな。じゃあ、そろそろ見てもらおうか」

背中のホックをつまむように外す感触。脚の間からも、薄い布地が引き剝がされていく。

背後から抱え込まれる。左側の膝を摑んで引っ張ると
「この子、綺麗な体してるだろう。まあ、ひどい姿だけどね」

と突然、二人に話しかけた。

彼女たちは驚いたように、あ……はい、と答えた。

内臓まで届くくらいに指を深く差し入れてきて、いやあっ、と声が出た。肉付きの良い指はぬめり気を帯びて巨大なナメクジみたい。今この場が川端さんに支配されていくのを感じた。

「結衣ちゃん。ちょっとそこに座ってなさい」

と突き放されて、ベッドに両手をつく。振り向くと同時に、川端さんがトランクスを下ろす。可愛い子のほうがなぜか突然、怯えたように表情を強張《こわば》らせた。

あ、と瞬時に悟る。この子、男と寝たことないのに見るくらい平気だって余裕ぶってここまで来たな。

立場が逆転したように感じると、急激に気の毒になった。たとえ同意の上での自業自得でもお金を払っていても、こんなのを見せつけることは虐待や犯罪となにが違う

のだろう、とぼんやり考える。

「もう、やめようよ」

と思わず小さく呟くと
「なんだって？」

川端さんの表情が変わった。待っていたとでもいうように。

「ここまで、変態だと思わなかったし」

「へえ。で、思わなかったら、どうするの。金いらないの」

まったく譲る気がない口調に、私は即座にあきらめて、両腕で体を隠しながら言った。

「いるって。だから我慢してんじゃん」

返事を聞いた川端さんが
「ちょっと、そのサンドウィッチの皿取って。君」

と可愛い子にすかさず指示を出した。強張った顔がテーブルへ向けられる。女友達に助けを求めるように視線を投げたので
「いいから。早く。べつに君にはなにもしないから」

彼女は仕方なくお皿を両手に持った。遠慮がちにベッドに近付いてくると、あらわ

になった下半身を見ないようにして川端さんに差し出した。

「ごくろうさま」

と川端さんは一切れつまみながら言う。床にでも落として食べろって言うのだろうか、と思っていると、彼はサンドウィッチを私に差し出した。

「はい。これ」

「え、食べて、いいの？」

と私が受け取ると、川端さんは頷いて
「二人に、お願いしてきなさい。咀嚼《そしやく》したらどうか床に吐き出してください、て。結衣ちゃんが食べるのはそれだよ」

彼女たちを振り返った。同じ目をしていた。たぶん私も。川端さん以外の全員が本気で引いていた。

初めて気持ちが一つになったと思った次の瞬間、殴られていた。視界に閃光が走った。

私は呆然と、川端さんを見上げた。頬の痛みは少し遅れてやって来た。火照《ほて》ったように痺れる。

「結衣ちゃん。なに、そっち側に行こうとしてるんだ」

と川端さんは静かに言った。

「わきまえなさいよ。君は今この場で一番下なんだよ。どの分際で普通の女の子側に戻ろうとしてるんだ」

一人の生徒が教師から怒鳴りつけられている教室のように、室内は緊張と気まずさで静まり返っていた。

「……帰る？」

背後で声がして、振り向く。可愛い子のほうが、うかがうように目の細い女友達を見ていた。

「え、帰るの？」

「帰ろうよ。そろそろ」

目の細い女友達は面食らったように川端さんと私を交互に見てから、可愛い子に視線を戻した。その目には、口ほどにもない、という優越感に似た感情がちらついていた。可愛い子が戸惑ったように眉を顰《ひそ》める。

川端さんが立ち上がって、腰にバスタオルを巻きながらサイドテーブルの上の封筒を取った。

「ごくろうさん。君は帰っていいよ。お友達は残るなら、一人分は全額支払うよ」

封筒の中の札束から一万円だけすっと抜いて、可愛い子に差し出す。彼女は出された一万円ではなく、封筒に残った札束を凝視した。受け取らずに、もう一度、目の細い女友達に

「ね、行かない？」

と訴えかけた。

「でも、十万だよ」

「そうだけど。ちょっと、私、気分悪い」

「え、でも私も一人で残るのはさすがに嫌だよ」

こそこそと囁き合う二人に、素っ気なく

「いいよ。しばらく相談していなさい」

と彼は言い放った。

そして、ベッドの上にいた私のもとへ戻ってくると、突然、ガウンを拾い上げて、肩に羽織らせた。

「ちょっと冷えてきたでしょう。着なさい。少し気持ち良くしようか」

ベッドに押し倒されて、視界が天井だけになったのでほっとした。それだけで気持ちが緩みかけたところに、川端さんが体重をかけないようにして覆いかぶさってき

た。別人のように髪を指で梳《す》かれて、撫でられたり丁寧に舌を使われて、すべてが霞んでいく。

ふたたび静かになった室内に、川端さんの台詞がはっきりと響いた。

「ここにいる中で、結衣ちゃんが一番綺麗だよ。こんなに素直で可愛い子、見たことない」

空気が変わった。二人の白けたような気配を感じて萎縮すると、川端さんから好きだ大事だ愛してると囁かれて恋人のように扱われて、だんだんわけが分からなくなっていく。

緊張と緩和のピークで入って来て、川端さんの首にしがみ付く。腰がぶつかるように動く。どうして私は知らない女の子たちにセックスを見られてるんだろう、と薄ぼんやり考えながらも、すでに麻痺《まひ》していた。

「結衣ちゃん、気持ちいいか？」

「気持ち、いい」

「そうか。良かった」

と川端さんに頭を撫でられて朦朧《もうろう》としかけたとき
「あ、君たちは、さっき俺が言ったことをやりなさい。そうじゃなきゃ帰っていいよ」

と冷静に指示を飛ばす声がした。彼の会社のオフィスにいるような錯覚を抱いた。妙に現実感がなかった。しばらく間があってから、かちゃ、と食器の鳴る音がした。絨毯にぼとっとなにかが落ちる音も。川端さんが素早く腰を引き抜く。

「さ、結衣ちゃん。こっちだよ」

右手を引かれて裸のまま彼女たちの前に立つと、化け物を見るような視線を受けて、一瞬だけ我に返る。鳥肌が立ちかけて、思考を濁らせて殺した。

もう引き返せないんだからこの子たちは私の味方じゃないから川端さんに従うしかない。

絨毯に膝をついた。後頭部を紳士的に押されて、前かがみになる。ぼんやりと、白く泡立ったサンドウィッチの残骸が視界に入った。ぬるい体温が残っていることを想像した途端、軽い吐き気を覚えた。脚の間や腰がうすら寒い。

頰にかかった髪が、くずれたパンやバターに付くことのほうに抵抗を覚えて、顔を動かさないようにしながら、吐き出されたものに口を付けた。味は混ざり合ってほとんど分からなかった。やっぱり生ぬるくて、それがなにより嫌だった。

後ろから見ていた川端さんの息が荒くなって、腰を摑まれた。そのまま犯してきた。声にならない声。乾き切らないローションの光を帯びた自分もまた死んでいく魚のようだと思った。もうなにを考えているのかも分からない女の子たちの視線を浴びながら、川端さんが興奮しているのを感じながら、自分はどちら側だ、とふいに思った。

同性からも切り離されて、男の側にも渡れない。どこにも着けないまま、どこまでも流されていく。それは自分だけの神様を信じることに、とてもとてもよく似ていて、絞り出すように喘ぎながらも、もしかしたらこれは本当の神様からの罰だろうか、と考えた。

「今日は、三回くらいやれるな」

川端さんがかすれた声で、ひとりごとのように呟いた。

あれだけ騒々しいと感じていた店内の音が、鼓膜が痺れたように、なにも耳に入って来なかった。

ボックス席とトイレを行き来する女性客や愛想の良いホストたち。テーブルに反射する、白っぽい光。グラスも灰皿も綺麗に磨かれているのに安っぽい。文化祭を思い出す。

結衣、マジで来てくれたんだ。俺、感激だよ。

え、本当にいいの？　いきなり？　ドンペリ入りました!!

最近、パパのほうは元気？

え、いやほら。結衣、可愛いから心配なんだよ。

ボトルもいいの？　嬉しいけど、金、大丈夫？

嫌いに？　なるわけないじゃん。前の彼女も風俗で働いてたし。なんか親が借金したからって言ってて。そういう子、けなげで応援したくなるんだ。俺。

今は結衣だけだって。本気なの。

え、一気飲み？　いいよ。任しておけって。俺、こう見えても酒強いから。

ごめん。ちょっとあっちでも指名入ったから、行ってくる。

もう一本？　また一気で？　いや、それは、ちょっと……結衣、酔ってる？

分かった、分かった。俺も男見せるよ！

さすがに酔いが回ってきたわ。

……ねえ、それ、マジで言ってる？

うん。そりゃ、そうだけど。結衣が体張って稼いでくれたのは、本当に感謝してるけど。さすがにもう一本、一気とか。先週も先輩が急アルでやばくなって病院運ばれたし。

びびってるって？　いや、正直、はい。

ちょ、さすがに、休憩していい？　本当に、これ。

マジでごめん、ちょっと一瞬だけだから。情けないけど。本当にやばい。

……もう、死ぬ。分かんない、結衣、なんで。


ルイはトイレまで、たどり着けなかった。

様子を見に来たホストたちが廊下に倒れていたルイを抱きかかえて、ほかの女性客に謝りながら介抱する。

すれ違うときに公衆トイレに似た強烈な悪臭がして、息を止めて見た。

真っ青になった顔は、死んだように目を閉じていた。ちょっと顔がいいだけのよくいる男の子だな、と夢から覚めたように思った。

「帰る。お会計」

と席に戻って、ほかのホストたちに告げた。

彼らはなにか言いたそうな目をしていたけれど、ルイさんがダウンしちゃってすみません、と一応頭を下げた。

支払いは、二百万まで届かなかった。百三十万程度だった。

店を出ると歌舞伎町は夜のまっただなかで、呼び込みの声もいっそう盛んになっていた。職安通りに向かって歩き出す。

ガードレールにつかまって前のめりになりながら、タクシーを呼び止めようとしたけれど、若い女一人だと面倒臭いと思われたか一台も捕まらなかった。

新宿のガード下へ吸い込まれていく、いくつものタクシーの光を目で追いながら、夜の中にいた。

スマートフォンを見る。ハル君がSNS上で、彼女と連絡取れない、行方不明になった、と騒いでいる。そもそも住所もフルネームも知らなかったと訴えていて、なに言ってるんだ今さらとあきれる。知り合ったばかりの頃は、いまどきネット界隈の友達なら知らなくてもふつうだよ、と豪語してたくせに。

『あの子いったい誰だったんだろう……』

という呟きだけが、わずかに胸に残った。

電源を切ろうとすると、川端さんからのメールが届いた。当たり前のように、次はいつ会える？　という内容だった。

私は期待する。

どんな男の言葉も平等に。

純粋でもお金目当てでも体目当てでも平等に期待する。だから求められた分だけ捧げる。どんなに勉強して知識や理解を深めようとも信仰なくしては神様に認められない。

だから期待はかならず裏切られる。

裏切られた分だけ傷つけたい。等しく、公平に。

タクシーが止まろうとしたので、首を横に振った。

運転手は憮然とした表情を向けて、猛然と過ぎ去っていった。スマートフォンの動画を再生する。

ホテルの床に這いつくばっている自分は想像していたよりも、みっともなくなかった。肌も綺麗だし腰も細くて、表情は可愛く作り込んでいるし、まわりを意識した透明な声で喘いでいた。

これならいいや、とほっとしてメールに動画を添付し、ずっと前に川端さんのパソコンから抜いておいた会社の役員たちのアドレスに送信した。

明け方の教会の扉を開けると、司祭たちの朝のミサが終わったところだった。ステンドグラスのマリアが青白く光っていた。

司祭たちがちりぢりになっていくのを見送ってから、覚えのある一人に声をかける。

「金井《かない》神父ですか」

彼は笑みを浮かべて頷いてから、驚いたような顔になった。

「昔、ワトソン神父がいなくなった後に、短い間だけど、お世話になりました。もう何年も前だから、覚えてないかも」

「いいえ。覚えています」

と彼ははっきり答えた。

「幼児洗礼、受けてます。私、告解できますか?」

金井神父は頷いた。私はほっとして、ひとけのない座席の間をすり抜け、小さな告解室の扉を開いた。

木の椅子に腰掛けて首を垂れる。金井神父が息を吸う音がして、私も口を開く。

「父と子と聖霊の御名《みな》において。アーメン」

自然とできてしまうのが不思議だった。習慣や環境っておそろしいな、と実感した。

「神のいつくしみに信頼して、あなたの罪を告白してください」

私、と切り出す。

「付き合ってた男の子を殺しかけちゃったんです。犯罪とかじゃないけど、たくさんお酒を飲ませて。死んじゃえばいいと思って、そうしたから」

「はい」

「男の人から好きだって言われると、死んでほしくなるんです。体やお金目当てで好かれても結局、イエスみたいに私の代わりに罪を負ってくれないから」

「はい」

「金井神父も知ってますよね。母のこと。カソリックもプロテスタントも仏教も神道も男がいるかぎりだめだって言って、女性信者たちだけで、マリアの住処《すみか》、ていう教団を立ち上げて、母が教祖になって。母は美人だしお嬢様で世間ずれしてないから、信者さんたちも憧れてくれるし好かれてたけど、でも私は、母は教祖になるには弱すぎると思ってました。同性でいくら傷をなめ合ったって、結局、愛されない女たちが集まって自己肯定してるって馬鹿にされるばかりで。神様は、やっぱり男の人じゃないとだめだと思う」

「ワトソン神父のことは、完全に教会側の落ち度です。本当になんとお詫びをしていいか」

私はびっくりして顔を上げた。薄いカーテン越しにも金井神父の吐息を感じた。

「あなたのお母さんは熱心な信徒だったと聞いています。今でも気にかけている司祭は多いです」

「そうですか」

「あなたは、お母さんのことが大好きなんですね」

一瞬だけ言葉に詰まった。でも、すぐに頷く。

「そうですよ。私は、本当に本当に母のことが好きだった。あんな目に遭って、それでも神様を信じてきたのに、よりによって髄膜炎に感染して、しかも皆で祈れば治るなんて言ってたせいで発見が遅れたなんて。ぼろぼろに傷ついた母なんて見たくないです。これ以上」

あの日曜日の雨の午後、母はどこか不安げな顔をしていた。バザーの片づけをしてから、私の手をとってすぐに帰ろうとした。

だけど私は教会の中にしまい込まれたおもちゃや洋服を物色していたかった。

教会内は薄暗くて、ステンドグラスのマリアはいつものように光を受けて輝いてはいなかった。ただ、雨の影だけを映していた。

ワトソン神父がやって来て、雨がひどいから車で送ろうと言ってくれた。

「ただし、私の車が二人乗りなのです。順番に送ります。結衣ちゃんはまだおもちゃを見ていたいみたいだから」

母は珍しく強めに、申し訳ないのでけっこうです、と断ったけれど、私は、まだ見たい、と主張した。日頃、倹約家の母に我慢ばかりさせられていて、質素な生活に慣れるどころか、物質への欲望は人一倍強くなっていた。

母は困ったように黙り込んだけれど、ワトソン神父にうながされて、いい子にしていてね、と念を押して教会を出て行った。

私は幼すぎて知らなかったのだ。

神父が車の中で信者の女性と二人きりになってはいけないことを。自分の母親が、よその母親よりずっと美しいことも。

沈黙が続いた。

泣く、と思ったのに、あまりに繰り返し思い出しすぎて記憶が淡く擦り切れていたせいか、目の奥は乾いていた。

　金井神父が腰を動かしたのか、椅子の軋む音がした。

「お母さんを、助けたかったんですね」

「そうです。私は母を守れなかった。それでも母は綺麗だったけど、自分には無理だと思った。だって綺麗なものって、汚くなったら、なにもなくなるじゃないですか」

　誰も責めない。復讐しない。傷が癒えるまで耐えて、許し続ける。そんな信仰は愛じゃない。ただの弱さだ。いつしか心の中で母を責めていた。

　金井神父はゆっくりと言った。

「もちろん罰せられるべきはワトソン神父ですが、あなたのお母さんは純粋すぎるがゆえに、闇に捕まってしまったのかもしれません」

「母が世間知らずだったからだって、言いたいの？」

と私は思わず訊き返した。たとえ神父でも、そんなことを男の人に軽々しく言葉にされると強烈な不快感を覚えた。

「いえ。ただ一瞬でも、その奥を見つめてはいけないものがあります。たとえ偶然にだって目が合えば、その瞬間に、悪魔はもう相手の内に入り込んでいる。悪魔といえば恐ろしいものに聞こえるでしょうが、それは人間の自由意志が姿を変えたものでもありますｓ。もしかしたら本来は神よりも悪魔のほうがずっと人に近いのかもしれません。だからこそ、かならず逃げるのです。復讐のために傷つくことは無意味です。もう、あなたの目は覚めているのだから」

「でも、これから私どうやって生きていけばいいのか分かんないんです。なにもない」

「そんなことはありません。むしろ自分を粗末にする罪を手放した今、前よりもずっと生きやすくなるはずです」

私は思わず、金井神父って、と呟いた。

「普通の神父さんじゃないですよね」

金井神父はなにも答えなかった。私はもう一度、言った。

「神父さんはふつう信者の告白に、そこまで具体的に答えを与えない。あなたは、誰？」

「あなたは頭のいい方です。愚かなふりをするのはもうやめるべきです」

とだけ彼は言った。

告解室を出ると、金井神父も扉の向こうから出て来た。お礼を言って、教会を出る。

滲んだ中庭は眩しく、水たまりが青空を映していた。遠くの空には雲が残っているものの、足元は明るかった。小さな蟻が列をなして、花壇のそばの巣穴へと潜り込んでいくのが見えた。

私は駅までの道を戻りながら、バッグの中からスマートフォンを出した。

三回目の呼び出しで、あせったような声がした。

「結衣ちゃん。良かった、電話してきてくれて。葉子さんのこと、何度も留守電に吹き込んでしまって申し訳なかったけど、できるだけ早くと思って……昨夜から高熱が出て、午後から手術になる予定だから、すぐに病院に来て」

「分かりました。すぐに向かいます」

と私はまだ臆しながらも、告げた。

彼女は涙声で、良かった、と呟いた。

「私たち、ずっと結衣ちゃんに戻ってきてほしいと思ってたの。これからのこと、話し合える？」

「これからの、こと？」

「そう。葉子さんの手術、正直難しいみたいで。成功したとしても意識が戻るか分からないって言われていて。もしそうなったら、私たちには後継者が必要だから」

言葉を飲み込む。それから訊いた。

「母は、死ぬんですか？」

「まだそうと決まったわけじゃないのよ。ただ可能性の話で」

「そうしたら、葬儀はなに式で出すつもりなんですか？」

彼女は不意を突かれたように黙った。

「それは、まだ全然考えてなくて、手術だってすごく上手くいって葉子さんの意識も戻るかもしれないし。そもそも肉親の結衣ちゃんを抜きに私たちはなにも決められないし」

とおどおどした口調で返された。そんな彼女たちを私はやっぱり、弱い、と思い、ようやく諦めた。

電話を切ってから、祈ろうとした。けれどなにを祈れば母にとって幸せなのかは私にも分からなかった。今までの私にとっての幸せはたぶんすべてが完璧にもとに戻ることで、そんなことは不可能だから。

だから願った。私の大事な母が、どうか意識を取り戻しますように。そして天国ではなくこの世で、はぐれた女たちが自分の中に帰れますように。

雪ト逃ゲル

はなれる、もうおわりにする、という言葉をくり返して、なぜか金沢の市内をいま歩いている。

雪はすぐには地面に落ちなかった。風でしばし闇の中を旋回《せんかい》して、そうすると時が巻き戻っていくようだった。

Ｋは黙ったまま背を丸めて歩いていた。ふと思い出し
「もしかして、すごく寒い？」

と背中に問いかけたら、Ｋは足を止めて、どうして、と不思議そうに訊き返した。

「高校生のときの担任と、雪の日に帰ったことがあって。その担任が、今のあなたと同じくらいの年齢で。そのときにむこうだけが寒がってたから、人は年齢を重ねると寒いんだ、て思った」

と私は答えた。Ｋは見守るような笑みを浮かべて、そっか、と頷くと
「でも大丈夫だよ」

と言い切って、また歩き出した。なんとなくおさまりが悪くて、よけいなことを言ってしまった、と思いながら私も雪道を進む。だけど実際、私よりもだいぶ年上で細身のKに今夜の寒さはこたえるのだろう。さっきから口数が少ない。

予約した海鮮居酒屋に着くと、にぎわっていることにほっとした。昨晩のおでん屋はひどく静かだったから。

Kはぶりの刺身を注文した。石川では今が旬だという。運ばれてくると、一切れがぶ厚くて、脂がまったりと口の中で崩れた。冷たい日本酒が喉《のど》を流れ落ちる。ぶりに醬油じゃなくて別皿の大根おろしを合わせてみたら、適度にさっぱりとして、そちらも良かった。

暖まると気が安らいで、なにもかもが明るく見えてきた。青い筋の浮いたKの手を摑《つか》み、中指と人差し指をそれぞれつまんで、左右にそっと開いてみる。愛しくなるとなぜか手の指の股《また》を開きたくなるのだ。

Kは不思議そうに笑った。崩れた表情は疲れた元文学青年そのもので、ぎゅっとこみ上げた嫌悪は、次の瞬間、ゆるい欲情へと姿をかえて下腹部にじんわりと広がった。今夜もホテルに戻ったら私はこの人とセックスするのだ。一回、あるいは二回。互いに信用できるのはこの行為だけだと確かめ合うように。

けれどKが愚痴《ぐち》っぽく語り始めたので、我に返った。

自分のためというよりは、今の二人の時間のために

「雪の兼六園が見られて良かったね。綺麗《きれい》だったから」

と私が当り障りのない話にすり替えようとしても、本当に、と頷いた後、またすぐに

「俺は、君とずっとこうしていられたらと思うけど、そうできないことがつらくないと言ったら嘘になるけど、それは自分だけの欲望だし、執着だから、仕方ない。君がどんなに俺に理不尽を強《し》いても」

などと始まり、どんなに私が冷淡か、気分屋で無理難題ばかり出すか、滔々と語られるのを私はあきらめて粛々と拝聴する。もう酔っているのか。あるいは旅疲れか。私は家庭を、彼は人生をほったらかしてここにいる。放蕩《ほうとう》。とっさに思いついた言葉は、だけどあまりに軽い。

どこにいるんだ。

取材だからって、いつまで帰ってこないつもりなんだよ。

鳴り続けていた夫からの電話は昨晩とうとう途絶えて、代わりにそんなメールだけがぽつぽつと届いていた。それはむしろ夫からの生存報告に感じられた。

ただ、夫の実家に預けている伊月《いづき》の様子だけが気がかりだった。ママはいつ帰って

くるの、と呟く伊月を想像したら、いても立ってもいられなくなり、Kに告げた。

「明日、帰ろうと思う。仕事が」

と切り出してから男の言い訳のようだと思った。

「そろそろ小説の〆切が近いから。書かないと」

Kは、あ、ああ、と動揺を抑え込んだ相槌《あいづち》を二、三回打って、黙った。沈黙を紛らわせるように日本酒を飲んでいると、Kは姿勢を崩してこちらを強く見た。

「君は少しでも俺のことが好きか」

面食らって、え、と訊き返した。

「俺は、君のことが本当に好きで、本気で好きで、どうしようもなかった。でも、君は俺のことをほんの少しでも」

私が慎重に、もちろん、と頷くと、Kはようやく安心したように目を伏せた。

「良かった。それがなかったら、いったん退くこともできないから」

それを聞いて、ああ、けっしてこの人は安心なんてしていない、と考えをあらためた。

また我慢しただけだ。私がそうさせた。

ホテルの部屋では、スタンドライトだけを灯した。

それぞれのベッドに腰掛けて、テレビを見ながらビールを飲んだ。Kは最近のニュースや話題の人物をほとんど知らなかった。無知な人ではないが、大半のテレビ番組が下らなく思えて疲れる、とこぼした。

「最近は修行僧か、植物にでもなったような気がする」

という台詞《せりふ》を、私は無視した。Kの孤独は私を愛したせいで、それは私の責任じゃない。そんなふうに思う自分はまるでKを疎んでいるみたいだった。執着じみた言葉塗《まみ》れにされた欲望は出しっぱなしの和菓子のように表面がかすかに乾き始めていた。

Kがこちらのベッドへとやって来たので、真っ暗にしてほしいと頼んだ。

暗がりの中に、薄ぼんやりとKの形が浮かんでいた。いたるところを愛撫されて濡らされているうちに、乾燥は丁寧に取り除かれて、芯にまだ生きていた官能が現れた。

Kがガウンを脱いだので、とっさに目をそらす。一瞬視界に入ってしまったKの腹が腰骨よりも薄くなっていたことに、胃の底がぞっとした。最近はその瘦《や》せた体を見ないようにしていた。責められているようで嫌だった。だから私の肩を、手首を、押さえつける力が強ければ強いほどほっとした。

Kが入ってくると、私はすぐに肩甲骨に手をまわしてしがみ付いた。静かに、粘り強く探っていく。

私がどんな人間か、どんなことで痛んでどんなことで幸福を覚えるのかを知っていくように。Kと寝ると、いつも怖くて気持ちが良くて泣きたくなった。永遠につかまったまま逃げられない気がして。そんなことがずっと続くわけはないのだと分かっているから。

Kの体が離れると、私は素早く服を着た。布団に潜り込むと、Kが気弱に微笑《ほほえ》みながら、私の頭に手を置いた。お願いだから離して、と思った。いつもセックスが終わった瞬間、吐き気がするほどの自己嫌悪と反発が湧《わ》き上がってくる。

Kが顔を寄せてきたので、唇が触れる直前でそらした。にわかに真顔になって、ごめん、と謝られた。振り払う代わりに枕に顔を埋めたら、静かに離れていく気配がした。

Kは小さく、ありがとう、と呟いた。愛を乞うように。私は黙っていた。そして混乱したまま寝入ってしまった。

何時間か眠って、はっとすると、暗い天井が見えた。私の肩まで布団が掛けられていて、その優しさに胸が苦しくなる。

となりのベッドに視線をやると、掛け布団が折り返されていた。むき出しの白いシーツには体温すら残っていないようだった。耳を澄ませても、ユニットバスの扉越しに水を流す音や歯を磨く音は聞こえてこない。

小さな丸テーブルの上を見ると、一枚の紙片が置かれていた。

『俺は行きます。最後までありがとう。』

クローゼットを開けると、そこにあったはずのスチール製のトランクがなくなっていた。いっそう呆然として、扉を閉めた。

部屋のどこかにKが隠れて様子をうかがっている気がして、そんな子供っぽいことをする人じゃないと分かっていたけれど、小声で呼びかけた。

「ねえ」

掠《かす》れた細い声はすぐに闇に溶けた。

「本当に、いないの?」

返事はなかった。それでもじつはコンビニに出かけただけで戻ってくるんじゃないかという希望を捨てきれなかった。こんな雪の夜に。まさか。考えるほどみぞおちが強張《こわば》っていくのを感じた。

本当に、私を好きで本気でどうしようもないんじゃないのか。

吐き出すように思った瞬間、湧きかけた怒りは粉々に砕けた。

たとえ最初からやり直したとしても、私はKを追い詰め、際限なく試しながら優しさ一つあげないのに。それでも思った。これくらいで絶望するなんて弱すぎる。弱い男なんて大嫌いだ。

生きてなんていけない。

あなたがいないなら、どうして生きていけばいいのかまるで分からない。

ドア越しの足音はいつまでも聞こえてはこない。屋根を滑り落ちる積雪の音だけがしている。

数時間前、私たちは正方形に切り抜かれた金沢21世紀美術館内の天井から、本物の空を見ていた。

空いた天井の縁ぎりぎりまで雪が積もり、水滴が石の床を打つ音が響いていた。真四角の空は、何重にもなっていた雲が急速に風に流されて割かれていた。薄くちぎれた雲は、繊細な飴細工《あめざいく》のように金色を帯びていた。

青い空が、突然、あらわれた。

青空と雪と雨が同じ視界の中にあると、季節も時間もなにもかもが分からなくなっていく。

意識が遠くなり、透き通るような感覚を抱き、もうじき、私とKにとってなにか新しいものが得られる気がしたとき、Kが出ようと言った。

「やっぱり、ちょっと冷えるね。外にいるのと同じことだから」

私はその背を追いながら、名残惜《なごり》しくて天井を素早く振り返った。

ちょうど扉が閉まるように、風に流されてきた雲がすっと青空を遮った。四角い空はまた憂鬱《ゆううつ》なだけの灰色の絵に戻った。

Kにむかって、もう曇《くも》った、と告げると、Kは柔らかく笑って
「じゃあ、いいタイミングだったな」

と返した。私は頷いた。二人でいるとき、Kのほうがいつだって正しい。

私はKの服の袖をそっと摑んで、空の部屋を去った。


一昨日はひどかった。なにもかも上手くいかなかった。

夕方、吹雪く中、福井の温泉宿に到着したときには私は疲れ切っていた。豪華な食事にも気が乗らず、一口目のビールで胃が冷えてきりきりした。早く眠ってしまいたかった。

食事処を出て、温泉につかって戻ると、Kが布団に寝転がって本を読んでいた。小さな明かりの中、並んだ二組の布団は光ってさえ見えるほどに白かった。片方の

布団に潜り込んだ。

Kがかぶさってきてからも、私は何度か抵抗した。Kは無理にでもしたほうがいいと理解したらしく、途中から私の腰を押さえつけて動かしていた。Kは分かっている。同意の上でのセックスでは私が罪悪感に耐えられない。

それでも神経が休まらず、私はずっと嫌だ痛いとくり返して泣きながらされていた。けれど痛みが行き過ぎると、たしかにある瞬間から快感に変わるような脳の切り替えが起こり始め、ゆっくりと、自分がなくなって黒い海の底へと沈んだ。

動きを止めたKの遠慮がちな痙攣《けいれん》がおさまると、私は逃げるように浴衣の帯を結んだ。

布団に潜り、怖かった、と叫ぶと、ようやくKははっとしたように
「そんなに?」

と訊いた。それから
「ごめん。間違えた」

と謝った。私は首を横に振った。

怖い、と叫ぶとき、いつも感じる。それが、気持ち悪い、という言葉の代用だと。

怖い、じゃなくて、気持ち悪い。相手を傷つけないためにすり替える。

心おきなく叫ぶことができたならどんなにいいだろう。内臓に直接手を突っ込まれているような不快と痛みをKにも感じてもらうことができたなら。そのとき私たちは本当に同じ人間にカテゴライズされることができる気がする。女は人間だ。男もまた人間のはずだ。だけどその二つの人間は決してイコールで結べない。

一週間前の午前中に、私たちは小松空港に到着した。レンタカーを借りて、昼過ぎには永平寺の参道を走っていた。

フロントガラス越しの景色は吹雪で白くなっていた。遭難しそう、と言い合いながら、車を降りる。

ほんの数十秒程度で両耳がちぎれそうなほど凍えた。首を竦《すく》めて、坂の上にある永平寺を見た。

霞んだ雪の中にたたずむ永平寺は、色もなく、美しく厳しかった。

静まった堂内の廊下をKと見学した。

案内役の僧侶は、坊主頭のせいか年齢は分からなかったものの、氷のような床を素足で歩くときに千鳥のように跳《は》ねる足取りに若さが表れていた。日の当たらない廊下はしんから冷えて、はしゃぐ参拝客もいなかった。中国語の会話だけが時折聞こえてきた。

Kが窓の外を見て、正門から続く石段を指さしながら

「あそこで、若い雲水《うんすい》が立ってたんだな」

と呟いた。どういうこと、と私は窓を覗きながら尋ねた。

「上山を希望する者は、まずそうするんだよ。長いこと待たされて、怒鳴られて。それで、やっと許される」

薄暗い大広間にたどり着いたとき、絵天井を仰ぎ見た私は思わず声をあげた。見渡すかぎりの四季が、天井に描かれていた。天井の隅から隅まで、ぎっしりと。Kのことを忘れてくるくると舞いたくなった。そうして美しい絵を万華鏡のようにかき回したい衝動に駆られた。

一つ一つの花の色はどれも異なり、ほっそりとした枝に淡く遠慮がちに開いた梅もあれば、堂々と咲き誇る、色彩の濃い梅の花もあった。艶《つや》っぽい椿は今にもこちらに花びらを落としそうだった。

私はいつまでも絵天井を見上げていた。Kはほかの観光客が次の間へと向かうのを気にして軽く振り返りつつも、早くしろ、とは言わなかった。

数週間前の金曜日、私は日が暮れる前の道玄坂を駆け上がっていた。坂の途中にあるビールバーに着くと、息を整えてからドアを開けた。

薄暗いカウンターのスクリーンではサッカーの中継をやっていたが、Kは試合にはまるで無関心で、文庫本のページを捲《めく》っていた。銀縁の眼鏡を掛けた横顔を見たら後悔が湧き上がってきたけれど、荷物を下ろした解放感のほうがわずかに勝った。

Kは眼鏡のレンズ越しに視線を上げて、ああ、と私に会釈《えしゃく》した。赤の他人に、となりの席空いてますか、とでも訊かれたかのように。私がそうしてほしいと前に言ったからだ。変に笑わないで。冷たくして。私なんていないもののように扱って。

時間をかけて注いだビールのグラスが運ばれてきた。寒い冬の午後に店までの道を駆けてきたから、喉がひどく渇いていた。

Kが素っ気なく相槌を打つので、私はなんだか嬉《うれ》しくなって報告なんてしなくてもいい気持ちになりかけたけど、ふいに愛しいものを見るような目で微笑まれた瞬間、迷いはあわあわと消え去った。

「さっき、不動産屋で仕事場を解約してきた。だから今日ちょっと遅れたの。ごめんなさい」

Kは短くまばたきすると、すぐに取り繕《つくろ》うように、あ、ああ、そうか、と頷いた。

「でも、どうして？」

「場所が悪くて、仕事場としては不便だったから。お金ももったいないし」

お金、という単語のときに思わず力が入った自分の声色を下品だと感じた。Kは、そうか、と悟ったように呟くと

「君がそう決めたなら、いいと思うよ」

とだけ言った。それからしばらく沈黙が続いた。

今突き放したばかりだというのに、こちらを見もせずにビールを飲んでいるKの顔色をうかがっていたら、なにか言いたくなって

「でも、それでまたお金の余裕ができたから、旅行でもしたい」

とほとんど気分だけで言うと、Kは半信半疑の表情を浮かべながらも

「それは、できたら俺も嬉しいけど」

と用心深く答えた。

「来月だったら、仕事もそんなに忙しくないし。まとまった取材がしたかったから。何泊でもいいよ」

そこまで言うと、Kの表情がようやく和らいで、くっきりと輝き始めた。

「それなら、どこへでも行けるな。四十日前までだったら、格安航空券も予約できる

し。レンタカーや宿も、リクエストがあれば、こっちでプランを練って手配しても」

Kが生き生きと具体的なことを語り始めるほど、私の中の火はあっという間に小さくなった。家庭も〆切もあるのに、四十日後のことなど予約できない。なによりも旅行が、ジゼンにキチンとケイカクテキに準備されたものであるほど、当日までのプレッシャーは途方もないものになる。

それでも嬉しそうなKを見ていると、申し訳なくて嫌だと言えずに、代わりにビールをたくさん飲んだ。

すっかり酔った頃には、のんきに旅先で美しい景色を見て美味しいものを食べることばかり考えていた。そして朝も夜も時間を気にせずに抱き合うことも。

グラスに添えられたKの右手は神経が細い人特有の繊細なつくりをしていた。頰を火照《ほて》らせて、今でもこの手が好きだとぼんやりと思いながら、時計を見た。

「そろそろ出る。保育園にお迎えに行くから」

ゆっくりとビールを飲み干そうとしていたKの横顔に、私は素早く、先に行くね、と伝えた。

Kはびっくりしたようにこちらを見てから、ごめん、と半ば条件反射のように相槌を打った。

あまりの哀しさに怒り出したくなった。頼むからなにもかも私に従おうとしないで。懇願するような目を見るたびに責められている気持ちになる。

そして、もしかしたらこれが最後の旅行になるかもしれない、と思った。

どこから話せばいいのか。話すほど、話す意味などない気がして記憶が潰れていく。

どうせ私は嘘ばかりつくのだ。気持ちを語るほどつじつまを合わせるほど整合性を取るほどに常滑焼《とこなめやき》のように白く美しくて気持ちの悪い物語が焼き上がる。混ざって濁った血が体内を巡ってどこかしらずっと混乱して酔っ払ったまま朝を迎える。

仕事場の寝室代わりのロフトで缶ビールを飲みながら、私とKは何度も神様の話をした。

正確には、Kは神様がいないということについて。一切は執着で、それを捨てるのも囚われるのも自分次第だと。死んだら無に帰する。

数ある思想の中で仏教を選んだことがKらしいと思いながら、私は小皿の上の青豆を摘んで口に入れた。苦みが淡く広がる。私のことも自分次第で無に帰せると、Kは心のどこかで思っているのかもしれない。

私には、神様はいる。そんなこと自分は本当に信じているのだろうかと疑いながらも、心臓の筋肉の一部はもう信仰でできてしまっている。そこにカソリックとかプロテスタントとか名称はなくても、神とは罪悪感の象徴だから。信じている、というよりは怯えている。

低い天井の下で
「それなら君にとって一番の神様は、倫理観の強い近所の主婦じゃないか？」

とKは冗談めかしながらもいきなり鋭く言う。私は呆然として、淡々とビールを飲むKの横顔を見つめ返す。私は、私を馬鹿にしたり突き放しているときのKが好きだ。低くかまえてほしくない。

金井《かない》先生に出会ったとき、結婚している女は夫と死別しないかぎりシスターになれない、ということを教えられて、初めて結婚したことを後悔した。

じゃあ子供がいる女性は、と尋ねたら、育児が一段落して手が離れたらいいです、といわれたのも納得がいかなかった。それでは永遠に女は男の付属物ではないかと思った。

Kはサイドテーブルにビールのグラスを置いた。

「君はどうしてそこまでして、シスターになりたいの？」

途端に私は閉口する。べつになりたかったわけじゃない。ただ、その道があらかじめ閉ざされていることには苦しさを覚えるのだ。

「赦《ゆる》されると思ったから」

「君が？　だけど、そもそも赦すっていうこと自体が、責めたり罪を負わせたりすることなしには成り立たないものだから」

それはあなたが男だからだ、と心の中だけで思った。私たちはどんなに精神的に自立しても受動的な身体からは逃れられない。そしてそれはやっぱり時間を重ねるうちに精神面にも影響するのだ。

だけどKは男だから女だからという言い方が嫌いだから、私も口には出さない。それを持ち出すのは思考することから逃げたり楽をしているような後ろめたさがある。

Kが機嫌をうかがうように、私の手のひらに自分の手を重ねた。タイミングの悪さに苛立ち、こんなに慕ってくれるKを受け入れられない自分を責めながらも重さに耐えきれず、逃げるようにロフトの梯子に右手を伸ばす。

前日の深夜、足元に電気ストーヴを置いて、ダイニングテーブルでパソコンを打っているとと、そろそろと夫が近付いてきて、二人分のコーヒーカップを置いた。

「ありがとう」

夫は頭を掻《か》いて笑うと、預金通帳を見せてきた。気持ちがふっと静かになり、私は微笑む。

「お金足りなくなった？」

「うん、申し訳ないけど……。今月の家賃だけでいいから」

「うん。分かった」

とパソコンのほうを見たまま頷く。怒っているのかと様子をうかがう気配が背後に漂う。

私は笑って首を横に振る。

勤めていた会社を早期退職してからの転職活動が芳しくないことも、そのわりに自分の実家には一切その話をしていないことも、本当に怒ってなどいないのだ。ただ、もし願いが叶うのなら、私の役割に与えられた名前を変えてほしいだけ。

寝室のドアが開いた。二人で驚いて視線を向けると、ムーミン柄のパジャマを着た伊月が立っていた。むすっとしたような寝ぼけ顔で口を開く。

「オレンジジュース飲む。それから、ママと寝る」

「はいはい」

と立ち上がって冷蔵庫を開ける。伊月はぺたんと床に座り込んで、オレンジジュースを一気に飲んだ。そして、私の手を引く。

「ねえ。まだ、お仕事終わってなくて」

「ママと寝る」

「じゃあ三人で寝ようか」

夫の言葉に、うん、と伊月は嬉しそうに頷く。三百光年の果てから突然、強烈な罪悪感が押し寄せた。

ベッドに横たわって目をつむると、血管が詰まりかけたように頭が重たくなっていく。

すり切れた罪悪感に命を吹き込むのは伊月だけで、だから私はもし願いが叶うならば神様に奪ってほしい。母という名前を。そして父親という名に書き直してほしい。

どんなに忙しかろうと明日の午後三時には迎えに行って歯医者に連れて行かなくてはならないのも、病気のときに真っ先に駆けつけなくてはならないのも、週の大半は野菜たっぷりのシチューを作ったり魚を焼いて栄養や健康のバランスを気にかけなくてはならないのも母という肩書を持つ者で、実務の量の問題じゃない、ただその名称を与えられた存在に最後の責任が課せられていることに、時々、耐え切れなくなるのだ。亭主関白なんて当たり前だ。自分が男でこれだけ収入があったら育児だって家事だってやらない。ごくまれに、気まぐれに手伝って得意げな顔をするだろう。暗闇の中、伊月の寝息が聞こえてくると、ここ数ヵ月で誘われるままに寝てしまった男たちの顔を思い浮かべた。私は断ることを知らない。そしていったん始めたら歯止めを失う。でも、当分はその必要もないだろう。

以前、飛行場でKにその事実を打ち明けたことを思い出す。自棄《やけ》になっていたのだと思っていた。だけど、あれは自分なりの告解だったのだと今さら気付いた。

最近、君の様子がおかしい、と言われてKと会うことになったのは晩秋の午後だった。

空は曇っていて肌寒かったけれど、大通りの赤く燃える街路樹は美しかった。

私はトレンチコートのポケットに両手を突っ込んでKを待っていたけれど、本当はひどく緊張していた。

助手席に乗ると、Kはすぐに、飛行場でも行こうかと思うんだ、と切り出した。そこのカフェで滑走路でも見学しながら昼食にしよう、と。

郊外の小さな飛行場のことは前から気になっていたので、私はすぐに了承した。

飛行場は秋の風が抜けて気持ちが良かった。

カフェのガラス窓越しにカラフルな小型機を見ながら、ハヤシライスと野菜サラダを食べた。だけど敷地内を歩いていたら雨が降ってきたので、駐車場の車の中へと避難した。

フロントガラスを伝う雨を見ながら、別れたい、と私が唐突に切り出したら、Kは徹夜明けのような疲れを表情に滲《にじ》ませながら

「どうして？」

と静かに訊き返した。

「前に話した西野《にしの》さんと寝た。あと、ほかにも、あなたの知らない人とたくさん」

Kはなにも言わなかった。耐えるように微動だにせずハンドルに右手だけを置いていた。

「だから別れたい。私はすぐにそういうことをするから。それで最後には嫌われて去られるから。もう、疲れた」

「……嫌ってはいない」

「でも内心、このビッチいい加減にしろ、とか思ったよね」

「いや、それはたしかに、思ったけど。でも、それで嫌いになったりはできない」

本当に思ったのか。少し傷ついた。

「でもそのうちに嫌いになるでしょう」

雨音が激しくなってきて、助手席にずるっと深く沈んだ。目線が低くなると安心する。

なにもかもが億劫に感じられて、今はもう自分がなぜわざわざKを傷つけるような言葉を口にしたのか分からなくなっていた。

君は、とようやくKが口を開いた。

「君は俺と付き合ってるんじゃないのか？」

「付き合ってるとしたら、私はとてもじゃないけどあなたの行動を許せない」

やつあたりのように吐き出してから、もしかしたら本当に言いたかったのはこのことだったのかもしれない、と思った。

「分かった。なんでも言うことは聞くし、君が死ねっていうなら死ぬよ。俺は」

「そんなの全然望んでない」

「じゃあ、どうすればいいの。どうすればいい？　君がなにを望んでるのか教えてほしいんだよ」

私はしばらく考えてから、じゃあ、と切り出した。

「ほかの女性と一対一で会わないで。あと、泊まりはたとえ複数でも禁止」

「複数の中にいるのが、男友達の奥さんでも？」

Kがうかがうように訊いたのが気に入らなくて、私だって人妻だってことを忘れたの、とまで言いたくなった気持ちをおさえて
「もちろん」

とだけ言い切った。

「飲み会は誰が来るか全部事前に教えて。元恋人がいる場所には顔を出さないで。家には終電の前に帰って。あと新しく出会った女性との連絡先の交換もしないで。FacebookやTwitterでの承認や相互フォローも」

フロントガラスに文字が書いてあるかのように、目の前を見つめながら条件を並べた。

街路樹は激しく枝を揺らして赤い葉から雨の滴《しずく》を振り払っていた。

「分かった」

とKは言い切った。

「分かった。守る。追加でまたなにかあれば、それも言ってもらってかまわない。だ

から」

「だから？」

これは交換条件じゃないです、と私が続けると、Kはぎゅっと目をつむって頭を振りながら、ああ分かってる、そうじゃなくて、と絞《しぼ》り出すように打ち消した。

「だから、頼むから、誰だか分からない相手と、いや、誰であっても、そういうことを、頼むからもう……」

「分かった。もうしない」

と私は表情を硬くしたまま、頷いた。

しばらく待っても、飛行場から小型機は飛び立たなかった。天候のせいだろうと結論付けて、帰るためにKは車のエンジンをかけた。

三ヵ月前の夜、私は自宅近くのワインバルで同業者の西野とカウンター席に並んでいた。

ボトルの白ワインをいつもよりも早いペースで飲み続ける西野の仕事の愚痴を聞きながら、新しい小説は楽しみだけど体には気をつけてくださいね、とくり返していたら、ふいに

「なんでそんなに、いつも気を遣えるんですか？」

と言われた。その口ぶりから誉められたわけではないと分かった。かといって酔った勢いでの皮肉というわけでもなく、なにか考えている最中のひとりごとに近い感じだった。

「ま、僕は適当に会って飲んだり食べたりして、楽しければいいんだけど」

なぜかそのときに少し前のパーティで偶然会った、最近人気の女性作家のことを思い出した。

初対面だったものの、二次会の席ではそれなりに和《なご》やかに話していた。だけど彼女が誰かの噂話を聞かされたときに、なんのためらいもなく笑顔で

「へえ？　気持ち悪いですね、そういう人。私、嫌い」

と口に出した瞬間に、この人とは仲良くなれないだろう、と悟った。

優しくするのは怖いからだ。だから私が嫌いなのは、嫌われることをおそれない人だ。自分が見せたくなくて必死に囲っているものを、塀だとすら思わずに軽々と飛び越えて書けてしまう人。簡単に赤の他人を、気持ち悪い、嫌い、と言える人間には勝てない。

西野は大きく組んでいた脚を外すと

「そろそろ行こっか。酔ったな、今日は」

と伝票を手にして立ち上がった。

通りはいくつものバーや居酒屋が並んでにぎやかだった。自然とひとけがないほうに連れていかれて、シティホテルに入った。

彼はベッドの上でTシャツを脱がず、ホテルの備品にないから、と先回りの言い訳をして用意していた避妊具を取り出した。

疲れてベッドに潜り込んでいると、一足先にシャワーを浴びた西野は先にきっちり服を着込んでいた。

「僕、今日はもう帰らないといけないから。自宅の近くまで送って行きますよ」

そう言われた途端、どっと疲労感を覚えて
「私は、もうここでいい」

と控えめに断った。彼はちょっと驚いたように笑って大声で言った。

「いやいや、一人で置いてくわけにいかないって。送るから帰ったほうがいいよ」

断定するように言われたので、下をむいて、はい、と答えた。

シティホテルを出るときに西野に手をつながれると、Kの湿度の高い手のひらを思い出した。

先週末、礼拝の後で金井先生に会ったときに言われた「傷つけている、の間違いでは？」という問いも。Kの体温はいつだって私を居心地悪くさせる。

それにくらべてこちらから誘わなければ連絡をよこさない、私のことなんてちっとも好きじゃない男の感触は、触れた部分から石のように固くなるから楽だ。自分が頑丈な生き物になれたみたいで。

だけど気疲れしてしまって、そろそろここも撤退しようと心の中で思う。このことをKに報告しなきゃ。怒らせて苦しめて今度こそ嫌われなくちゃ。

日曜の朝の教会に立ち寄り、濃厚な顔見知り同士の気配が立ち込めた空間に腰掛けた瞬間、私は後悔した。

羊の描かれたポチ袋がまわってきて、お気持ちで、と遠慮がちに言われたので、私は千円を慌ててたたんで入れた。

今日は新しい方がいらしてくれました、と牧師が呼びかけると、まわりは微笑んでこちらを見た。讃美歌集や聖書はすべて貸してもらえた。疎外感を抱かせないように、仲間だということを伝えるように周到に繊細に柔らかく包み込む笑顔はとても生身の人間らしくは思えず、礼拝が終わった後、私はすぐに教会を立ち去った。

私は夫に、昼食の買い物をしてから帰る、というメールを送った。

となりの公園のベンチに腰掛けて、Ｋに電話をかけた。紅葉で視界が真っ赤に染まっていた。

朝から礼拝に行ったこと。親切にされるほどいたたまれなかったこと。

Ｋは苦笑しつつも、優しく、おつかれさま、と言った。私は続けた。今日牧師が読み上げたページがちょうどユダの裏切りだったこと。その解釈が全然ぴんと来なかったことも。

どうしてユダもペテロもイエスを裏切ったと言われるのか分からない。ユダもペテロも、イエス自ら先回りして促すことで、彼らに免罪符を与えたではないか。なにも言われずに裏切ることと、裏切ると言い切られてから裏切ることで生まれる苦しみには雲泥の差がある。イエスが自分の発した言葉の効果に気付かないほど愚かだとは思えない。それとも裏切りという言葉自体が訳を経て変質したものなのだろうか。

「俺は専門外だから、ちゃんとしたことは言えないけど」

とＫは前置きしてから、言った。

「聖書にイエスが二人を赦す言葉がはっきりとは記されていなかったんだったら、それはやっぱり裏切りを心から赦していたとは言えないんじゃないかな。それにいくら個人単位で赦したとはいっても、じゃあ裏切りじゃないってことになれば、集団としての信仰が成り立たなくなってくるし」

Kの言っていることは分かる。けれどそれは

「それは外側からの話で。本当なら、ユダやペテロみたいな人間こそ救われなくちゃいけないんだと思う。だってあの二人は誰よりも人間っぽい」

Kはちょっと黙ってから、君がそういうふうに感じるなら、と続けた。

「たぶんそれは君が信仰の内側にいるからだと思う」

私はスマートフォンを買い物袋に押し込んでから、佇《たたず》んだまま、十秒間だけ祈った。

どれくらい歩いただろう。バスを乗り継ぎ、さっきの教会よりも数倍広い敷地を持つカソリック教会の前に立っていた。すでに開かれた門を通り抜け、教会の扉を押す。

ステンドグラスの淡い光を受ける、からっぽの座席。壁に掛けられた磔《はりつけ》のキリストはとても小さくて頼りない。

足音がして振り返ると、金井先生が立っていた。司祭の格好ではなく背広姿で。

「ご無沙汰しています。急に失礼しました。私、更紗《さらさ》先生の紹介で以前に」

「はい、覚えています。さきほどは駅からお電話をいただいて、ありがとうございました。送っていただいた著作はすべて拝読しました。緻密かつ的確な文章に感銘を受けました。椅子におかけください」

私は頷いて腰を下ろした。

金井先生は通路を挟んだ席に腰掛けた。穏やかな笑みを浮かべているが、隙がなく感じられた。突っ込んだ質問をするのを許さない気配。

私が彼に出会ったのは一年前だった。そのときも、ほとんど個人的な質問はできなかった。それでも私はこうして時折ぶらっと教会に寄る。彼と話すために。

「今、プロテスタントの礼拝に出てきたところでした」

と私が告げた。

「そうでしたか。いかがでしたか」

「私は、イエスに赦されたいだけだとよく分かりました。それで、訊きたくなったんです。金井先生は」

「はい」

「どうしてイエス・キリストに人生を捧げようと思ったんでしょうか？」

私の問いに、彼はしばらく沈黙した。やがて、口を開いた。

「自らの過失で、人を殺したからです」

「そうだと思ってました」

と私が相槌を打つと、金井先生が軽く驚いたように黙った。私は続けた。

「前に受刑者の小説を書こうとして、何人かに取材したことがあります。金井先生は彼らにどこか似てます。過去を抱え込んだまま現実を維持する目をしているように、見えました」

「そうですか」

「金井先生は、更紗先生の友人ではなく、相談者なんだと思っていました。私と同じように」

金井先生は白髪や皺さえも穏やかさで薄めてしまったような、奇妙に若々しい顔をこちらに向けたまま
「違います」

とそれははっきりと否定した。

「更紗さんは友人です。彼女が許してくれるなら、親友、と呼んでもいいくらいに信頼しています」

「親友」

と私は呟き、とっさにKの顔が浮かんだ。もちろん金井先生は親友とはセックスしないだろうけど。どんな形であっても心を許しているという点で一番近いのはKだ。夫は私のことを本当になにも知らない。

「彼女とはだいぶ年齢が離れてます、よね」

「そうですね。だけど相手を信じて尽くすことに年齢は関係ないですから」

「それは愛でしょうか？」

「広い意味では。たぶん、あなたの考えるものとは違うでしょうが」

「私の内面を、一方的に分類しないでくださいね」

金井先生は馬鹿丁寧に、失礼しました、と頭を下げた。

「ただ、あなたの書くものにはけっして愛されている女性が出てこないので。痛々しいほど尽くしても報われない女性ばかりです」

現実の私はワガママだから大丈夫ですよ、と私はやんわり答えた。

「さっきみたいな話を私にしてよかったんですか？　書かれるかもしれないのに」

「はい。嘘も隠し事も神の前ではできません」

「私もせめて神様の前だけでは、本当のことだけ言って生きていけたらどんなにいいかと思います。最近は、私なんてどこにもいない気がするんです」

「更紗さんのところには通われていますか？」

「はい。たまに。状態が悪くなると。だけど今は私の代わりに傷ついてくれる人がいるから、そんなに悪くは」

「傷つけている、の間違いでは？」

私は金井先生の顔を見た。

「最初に私を傷つけたのは向こうです」

「けれど、そもそも、あなたを傷つけたのは誰でしょうか？」

誰でしょうね、と首を傾げると、金井先生が右の手のひらを差し出した。

「今度は、あなたの番ですよ」

「なにが、ですか？」

「本当のことだけ、と先ほど言いました。どんなことでも受け止めます。本当の、本当のことだけの話をしませんか？」

私はしばらく考え込んだが、なにも出てこなかった。すべてが自分の創作と嘘のように感じられた。首を横に振ると、金井先生はそれ以上、無理強いしなかった。

買い物袋を持って席を立つ。息子でもKでも夫でもない相手に会いたくなった。粗末な身体感覚を受けることでつじつまを合わせなければ。

だけどそれがいったいなにに対してのつじつまなのか、自分でも分からないままに取り出したスマートフォンの中から適当な名を選ぶ。

金井先生に会いに行く前日、なかなか寝ない伊月と手をつないで夜道を散歩していると
「かえるがおやすみしてる」

と伊月が足を止めて言ったが、それは金木犀の下に転がった石だった。

「おやすみしてるね」

と嘘をついて話を合わせる。小柄な自分の影も、幼い息子と並ぶと遠くまで引き伸ばされていた。

月明かりが頭のてっぺんから照らしている。マンションの駐車場で時を止めたような車の影。

「ママ、あれ、かえるじゃなかったよ。嘘言ったでしょう」

伊月が気付いたように声をあげた。私は曖昧《あいまい》に笑う。母の声が蘇《よみがえ》る。あんたは嘘をつくのだけが本当に上手だから。

遠い昔、両親の矛盾を縫い直してつじつまを合わせるのが、私の役目だった。そうしなければ明日にでも家族は崩壊すると思ったから。

そんな私に父は感謝し、母は嫌悪を隠すように目をそらした。最後には両親がばらばらに私を責めた。

どうして嘘をついたのだと。

どうしてばれるような嘘をついたのだと。

その話をしたとき、更紗先生は言った。

「あなたは本当に持ちこたえたほうだと思う。同じ経験のある相談者さんの大半は、正直、日常生活を送ることさえ困難な人も多いから」

私は小さく頷いてから、だけど、と呟いた。

「私、治らないですよね？　平穏の緊張感に耐えられないのも、破壊的なことをする癖も。たぶんいつかひどい目にあいます」

「そんなにあなたの現状がひどいとは思わない。ちゃんと働いて、自立して十分に立派だと思うよ。ほら、また自分を責める癖が出てる」

と指摘されて、私は頭を押さえていた手をそっと下ろした。

伊月が手を引いたので、我に返る。三軒先の青い屋根の家を指さして

「ねえ。あそこはおじいちゃんちだよ。まーくんのおじいちゃんもお菓子くれるって」

といつも可愛がってくれる近所の老人のことを思い出したように話した。

「あの人はね、伊月のおじいちゃんじゃないんだよ」

と教えたら、ママまた嘘言ってる、と今度は本当なのに反論されたので、私は小さく笑って、そろそろ家に帰ろうと諭した。

家の扉を開けるとき、右手首のブレスレットドアノブにぶつかった。

十字架が裏返って、ああ、そろそろ教会に行く時期だと思いながら、私は後ろ手で扉を閉めた。

目を開けても真っ暗で、まだ夜が続いている、と思ったけれど窓のないホテルの室内だった。全身が痛めつけられたように重たくて二日酔いの頭を抱える。ぼんやりと霧がかかった頭に水の流れる音が響いた。

唯一光のこぼれる浴室を見ると、腰にタオルを巻きつけた西野が出てきた。

大柄な上半身をさらしたまま近付いてくると、ぼんやりした私の額に自分の額を押し当てて笑った。

「記憶あります？」

私は短く頷いた。西野は、あるんだ、とまた笑った。

「昨日の夜はびっくりしたなあ。こんなことになると思ってなかったし」

公園に赤い提灯が灯った花見の席で、夜風が冷たくてショールを羽織ると、私の顔を覗き込んで、寒くないですか、と訊いた初対面の西野の声には色が滲んでいた。それだけで相手の欲望と自分の意志が混ざって白濁した。

今と過去がスイッチで切り替わると同時に、私は空っぽの器になっていた。

西野は、ずっとずっと話したかったんですよ、と大げさに言ってとなりに腰を下ろした。

青春ホラーなどという明るいのだか暗いのだかわからない小説を書いている西野の喋りはあっけらかんとして幼かった。顎《あご》やニット越しの上半身には三十代の油断が目立ち始めていたものの、笑うと綺麗な目をしていた。

ビールを買いに行くふりして公園の暗がりまで私の手を引っ張り、自分の膝の上に座らせて散々キスしてから

「どっか移動しません？」

と切り出したのは西野からだったはずだけど、コンナコトニナルト思ッテナカッタ

シ、という台詞にあえて反論せずにいると、彼が髪を乾かし始めたので、枕元の時計を見た。午前五時だった。
「朝早いですね」

と指摘すると、西野が振り返って
「僕はいいけど、あなたは家庭があるから帰らないとまずいでしょう？」

と言ったので、私は気が急《せ》いて起き上がった。服を身に着けながら、そういうのって気にしますか、と訊いた。

「僕はあんまり深いことは考えないけど、普通は心配するだろうと思って」

「ありがとう。でも大丈夫」

じゃあまた飲みに行ったりしようよ、と西野は免罪符を得たように言った。その顔を見上げる。笑った目はやはり綺麗だった。優しい笑顔だとも思った。

内面と容姿などなんの関係もないことを悟りながら、ベッドから床へと足を下ろす。体が軽かった。重力を失ったように。

泣きもしなければ怖くもなかった。鍵が壊れて開けっ放しの廃屋のように、盗られるものはもうなにもないとでも言うように。

ただKを裏切ったことだけが悲しかった。自分からそうしたというのに、それでも悲しかった。

西野と知り合う数日前、私は更紗先生のところへ話をしに行っていた。

蔦《つた》の絡まるレンガ造りのマンションの一室に、彼女は仕事場をかまえていた。

最初に会ったとき、私は白いソファーに腰掛けて最近起きた事件の加害者心理等について質問を重ねた。

ふとしたことから子供時代の話になったとき
「でも、記憶が飛ぶことってありますよね。私も二年間くらいまるっきりなかったり」

と言いかけたところで、彼女が気に留めたようにこちらを見た。

「飛んでるって、まさか、全部？」

私は首を横に振りかけた。突然、海の中でナマコを踏んだような気味の悪さが迫ってきて口を噤《つぐ》んだ。

「次回は、あなたの話を聞く時間にしましょうか？　料金は発生してくるけど」

日を改めて、今度は相談者として来た私を更紗先生はふたたび白いソファーに座らせると、世間話をしてから

「この前の続きだけど、たとえばどんなことを覚えてない？」

と本題に入った。

半ば反射的に、高校のとき、と切り出していた。

「女友達と何人かで喋っていて。私がなにも知らないし覚えてないって答えたら、そんなわけないって笑われて。それで初めて普通じゃないことを知ったんです」

「それは、どんな話だった？」

膝を抱え込むようにして黙る。沈黙は続いた。更紗先生の長い髪が頬《ほお》にかかっている。

彼女のゆるく巻いた髪をまとめていないところが好きだった。繊細な外見には他人を責めるようなところがなく、私は会ったときから彼女に安心感を持っていた。

「自分の、体に関することです」

「体？」

「たとえば下着のサイズとか、生理周期とか。かといって母を頼ったこともないです。太ったとか、痩せたとか、胸のサイズが変わったとか、そういう変化も一切、ほとんど目をつむるようにして見ないふりして。そのときに初めて自分の体を鏡の前で一度も正視したことがないのに気付いて」

「お風呂のときは？」

「明かりを消します」

「お風呂のときだけ？」

そこまで踏み込んだ質問でもないのに、少しストレスを感じて短く息を吐いた。

「いいえ。部屋での着替えもトイレも、家の中の明るいところでは肌を出しません。真っ暗にしてから。だから、」

目をつむる。明かりを消したのと同じ闇が訪れる。結論の前に突然悟る。見えない。見ないふり。

更紗先生がうかがうように
「誰の視線から逃げたかった？」

と訊いてきた。

しばらく考えてから、嘘です、と私は呟いた。

「嘘？」

「はい。私、よく嘘をつくんです」

「なにが嘘？」

「そんなことは嘘なんです」

「でもあなた、もしかしたら今も暗くしてない？　自分の家の中で」

視界を滝が流れていくような混乱に襲われた直後、水が落ち切ったように鮮明になった。眼球の裏まで洗い流された世界で、私はゆっくりとふるえて、息を止めた。

「見られるのも、触られるのも怖いです。家族みたいに近しくなればなるほど」

「家族みたい、てことは、本当は家族のことを家族じゃないと思ってる？」

息を詰まらせる。家族みたい。たしかにそうだ。それは自分が家族というものがいったいなんなのか分からないからだ。無意識に言葉を濁し、ぼかしてきたことに気付く。知られてはいけない、言ってはいけないことがつねにそこにあったから。

「触られて、嫌だった記憶がある？」

「でも嘘なんです。私の嘘だとしか思えない。それに思い出せない」

「無理に、思い出さないほうがいいかもしれない。少なくとも今は。忘れることにも意味があるから」

私はどちらがいいとも言えないままに頷いた。

会計を済ませて廊下でエレベーターを待ちながら、Kにメールを打った。

今夜会えませんか、という急な誘いだったのに、仕事の打ち合わせが終わったら大丈夫だからどこかで待っていてほしい、とすぐに返信があった。

私は駅ビルで本を買ってチェーンのカフェに入ったけれど、結局は注文したミルクティーに手もつけずにイヤホンを耳に押し込んで同じ曲を百回くらい聴き続けた。

午後八時を過ぎて、暗がりの多い代々木公園沿いの道に着いたとき、むこうから歩いてきたKは心配そうに私を見て

「どうした、顔色が悪いけど。疲れた?」

と訊いた。私は首を振った。

「ごめんね。仕事は大丈夫?」

「ああ。代々木八幡駅のそばのイタリアンでさっきまで。けどもう終わったから」

私は安堵して、Kと一緒に近くのバーにむかった。

階段を下りて扉を開けると、カウンターの向こうには廊下が続いていて蟻《あり》の巣のように個室が分かれていた。

手前の個室に入り、幼虫になった気分で背を丸めて適当にカクテルを頼む。

「伊月君は?」

とKが訊いたので、ベビーシッターに、と答えながら手を握った。ウェイターが二人分のカクテルを置くと目も合わせずに去った。

軽く飲むと気分が楽になるどころか激しいふるえがこみ上げてきて、骨や神経が関

節からばらばらに切り離されていく錯覚を抱いた。Kがそっと私の肩を抱いた。性的な匂いはなく、それはとても珍しいことだった。

憐れまれているように感じながらも押しのける気力もなくシャツ越しの胸にしがみ付くと、突然、激しい涙が溢《あふ》れた。Kの前で無防備に泣いたことなどないので動揺して顔をあげると、驚いたように見つめ返す目があった。突然、喉が開いた。

「お父さんが私を」

その瞬間、バツンッと扉が落ちたように脳が閉まった。

暗い視界に静かに言葉が浮かび上がった。

それが本当に起きたことなら生きていけない。

唐突な眠気が訪れて、私はKの肩にもたれて意識を失っていた。

涙が乾いて固くなった頰に、体温の高い手のひらが触れているのを感じて目を開けた。指先まで緊張しているのが伝わってきた。

帰りのタクシーの後部座席で、俺はなにを聞いても大丈夫だからいつでも呼んで……と静かに告げられた。

私を自宅近くまで送って、遠ざかるタクシーの中からもKは振り返っていた。私は路上に立ち尽くしたまま、数時間前の強制的な脳の遮断をありありと思い出した。どんなことだって、すでに過去ならば耐えられないことなど、知ってはいけないことなどないと思っていた。

けれどKに打ち明けたときの、壁紙が剝《は》がれるように自分の内部が破けていく感覚。信じるという根底が粉々になり、帰る場所が焼き払われて灰色の地平になる手前を私はたしかに見た。

帰りにふらついた足で脱衣所に入り、シャワーを浴びようとしたら、下半身が太股まで乾きかけた血に染まっていることに気付いた。いつ、どこから、どうして出血したのかまるで記憶になかった。

それからその話をKにしていない。

四年前の明け方、ぬるい湯に浸かったような心地を覚えて目が覚めた。破水したのだと、すぐに気付いた。

楽なワンピースに着替えてから、入院用の荷物を夫が担ぎ、まだいくぶんか涼しい夏の朝、タクシーを走らせて病院に向かった。

本格的に痛みを覚えるまではベッドに横たわって、眠ったり起きたりをくり返していた。

日が沈む頃になると、じわり、と腰のあたりに炙られたような熱を感じた。iPodから流れる流行りの曲で気を紛らわせていたが、じょじょに腰に強く棒で打たれるような鈍痛を覚えて、呼吸が荒くなってきた。

間もなく立ち上がれないほど激しい痛みがやって来た。夢中で深呼吸をくり返していると、つかの間、去っていくものの、休む間もなく次の嵐がやって来る。暴風に全身を引きちぎられるような恐怖に耐えていると、また去っていく。

嵐がおさまっている数分のうちに、病室に夫を残して私は廊下へ出た。トイレの個室に入った瞬間、車にはねられたような衝撃を覚えて、ドアノブにしがみ付いた。

小さな蛍光灯の下、私は冷たい床に両膝をついたまま呼吸をくり返した。全身の節々に掛けられていた頑丈な鍵が音をたてて床に落ちた。本能が外れていくことで、今にも背中を突き破って脱皮しそうだった。私の、獣。腰のあたりがひどいやけどを負ったように熱を持ち、あまりの激しさに痺《しび》れている。これだけの力が、生き物が、自分の中に眠っていたなんて。津波や竜巻は女の中にあった。完全な獣まで半歩のところまで近付いては、痩せ我慢の理性で踏み止まる反動で、上半身が床から跳ねあがった。

過呼吸になりかけながら廊下まで這《は》っていくと、近くにいた助産師が私を抱き起こして診察台へと連れていってくれた。

青い朝もやが滲んでいた診察室で、心電図は強まったり弱まったりを繰り返していた。呼吸しないと赤ちゃんも苦しいわよ、と助産師に肩を叩かれ、救いを求めるようにあえぎながら、粉々になりそうな痛みの中で、初めて自分の罪が焼かれるのを感じた。

いつかKと夜の街を歩きながら話したことがあった。

私は罰が当たるね、と。

それに対して、Kははっきりとした口調で反論した。

「俺は、外的な罰はないと思っている。そこに因果関係なんてない」

と。

私はまた他人に言えないようなことをするのだろう。そうしなければ生きられない。

罰は、罪を犯したから当たるわけじゃない。罪を犯したことそのものが罰なのだ。

なぜならこんなにも苦しい。罪悪感がないことも、正しく生きられないことも。

本当は、誰のことも責めたり憎んだりしたくなかった。だってそこには終わりがない。だから自分の身に起きたことは、自分を責めることでしか癒されない。

生まれる寸前、突然、痛みが消えた。

急に目が覚めたようになり、鮮明な世界に頭ばかり大きくて痩せっぽちの赤ん坊が滑り込んできた。

私の胸に張り付いてきた顔は赤らんで皺だらけだった。瞳に眩しいくらいの生命力をたたえて、せっせと涙を流していた。

赤ん坊が専用のベッドに運ばれていくと、ようやく眠れることの安堵《あんど》に包まれて目を閉じた。

生まれたばかりの伊月は、翌日から昼も夜もなく泣き続けた。私たちはともに奪われた。ひとつだったという感覚を。心細かった。

病室のベッドで伊月を抱き寄せて眠るときだけ、ほんの少し、そのことを忘れた。あとはずっと互いに頼りなかった。

ブラインド越しの日差しが引き、闇がゆっくりと満ちてくる気配が怖かった。

病室には子羊のような弱々しい泣き声以外、一切の音がなく、体内の時は止まり続けていた。壁の時計を見上げなければ、なにも分からなかった。

力のなかった手足に少しずつ実感が戻ってきて、伊月が寝た後で外の空気を吸いたくなったのは、入院三日目の夜だった。

ベビーベッドですやすやと眠っているのを確認してから、私は枕元の携帯電話を手に取り、病室を出た。

廊下にはそれぞれの病室の明かりだけが落ちていた。

窓を開いた途端、空気の匂いが変わっていることにびっくりした。

深夜だというのに蝉の鳴き声が一帯に響き渡っていた。雑木林の青い闇がふくらんで植物の匂いが立ち込めていた。完璧に熟した真夏の匂いだった。

携帯電話の電源を二日ぶりに入れると、何通かのメールが届いていた。ほとんどがお祝いのメールだった。

一通だけ、まったく関係のないタイトルのメールがあった。

差出人はKからだった。

『先月会って以来、連絡がないので、どうしているかと思ってメールしてみました。無事に生まれた頃でしょうか。』

放心したように光る画面を見つめた。先月のことが、千年前の遠い国での出来事のようだった。

私は携帯電話の電源をふたたび落とした。もうKには会わなくてもいいのかもしれない、とぼんやり思いながら。

産後という名の、遠い国。だけど今ではもう、幻のような夜。

六年前の冬の夜に、私は二人きりで話したいと告げて、仕事終わりのKのマンションを訪れた。

本棚と電化製品に囲まれた1LDKの室内で、ソファーに腰掛けてビールを出したときのKは嬉しそうだった。

私を抱き締めようとする腕をすり抜けて

「ほかの人にプロポーズされたから結婚する」

と切り札のように告げた。Kはしばしぽかんとしていた。私はまだ若くて今はもう似合わない短いプリーツスカートから膝を出していた。

「セックス抜きでもいいって。私がいるだけでいいって」

真剣な声を出しながらも、心のどこかで復讐を遂げたような達成感を覚えていた。

突然、Kが猛烈な怒りに打たれたように私の腕を摑んだ。

茶色い革のソファーに押し倒され、そんなに俺がだめならもういいよ、とKは口走った。私は人じゃないものを見るような視線を向けて、信じられない、という顔をしたけれど、体の一番深いところから高揚が湧き出てくるのを感じていた。結婚するって言われて見限るならともかく、まだ奪おうとするなんてどうかしてる。だけどKが本当にズボンのベルトを外そうとしたので、すっと頭が冷えた。

私は起き上がり、Kをなんとか押しのけた。

「君は、俺がいなくなっても、大丈夫なのか」

私は間髪を入れずに、大丈夫じゃないよ、と即答した。

「だからいて。あなたが、いなくなったら困る」

Kはしばし呆然と、私を見つめていた。

それから情けなく笑いながら

「そんな君を好きになった俺もまた、業が深いんだろうから。仕方ないね」

と言った。

Kの首筋に口づけ、落ちた肩に額を押し付けて体温を感じていた。さっきは本当にごめん、とKが謝るのを聞いた。

その一年後に人工授精で伊月ができたと告げたとき、Kは穏やかな声で、おめでとう、と言った。だったら俺の子供でよかったのに、とは言わなかった。

いつもKが本当の意味で私を責めたことはない。


古い記憶がある。

骨まで寒さが染みるような夜には今でも思い出す。

あの晩、ベッドの中で眠ろうとして羊の数をかぞえ始めたとき、玄関のドアが開いた。

耳を塞ぐように布団をかぶろうとしたとき、重たさと鋭さが入り混じった破裂音がした。直後、羊が重機で押し潰されたようなうめき声が聞こえた。すごく酷いことが起きたことが分かった。

音がやんでから、階段の手前までおそるおそる歩いていって、お母さん、お父さん、と呼びかけた。玄関は見えなかった。

闇の中に散らばったガラスの欠片と血の影が過った瞬間、本能的に見てはいけないものがあると察して離れた。

のちのちになって、母が帰宅した直後の父をビール瓶で殴ったことを知った。それから数ヵ月間の記憶は曖昧だ。

母と父は離婚し、理由もほとんど語られることのないまま母と高校卒業まで小さなアパートで暮らした。いつも背中の奥では緊張していた。なにか気に入らないことをしてしまったら、私も同じ目に遭うのではないかと思って。

母はたびたびドアにチェーンを掛けたまま、私がバイトから帰宅していないうちに眠ってしまった。きっと母は一人きりで生きている気持ちだったのだろう。たとえ飼い猫だってベランダで遊ばせたまま忘れて窓の鍵を閉めたりしない。

誰かの腕の中で眠る夜には、耳元で幻の母が囁いた。あんたは嘘をつくのが本当に上手だから。父の声もした。どうしてバレるような嘘をついたんだ。今度はもっと上手いことをお母さんに言いなさい。隠しなさい。言いなさい……。

私はきっと許せない。彼らのこと。でも憎むこともできない。憎めず許せぬまま、十八歳のときに家を飛び出してから二度と会うことのない彼らの幸せをいつも教会で祈った。

どうか娘の心を放した両親の罪が許されますように。それによってある日彼らが娘を永遠に失ったことに気付いても、悲しみに閉ざされてしまうことがありませんようにと。

十年近く前のKとの最初のデートも、今では古いおとぎ話のようだ。

店内のスクリーンに映画の流れる薄暗いバーに行った。ポマードで髪を撫でつけたジェームズ・ボンドがのんびり敵と戦ったりセックスしていた。

Kは初対面での私の印象について笑顔で語り、これまでの恋愛についても無防備に打ち明け、私にもたくさんの質問をした。Kは典型的な元文学青年で、私の知らないSF小説や翻訳小説にも詳しかった。カリカリのベーコンとマッシュルームのアヒージョを二人で褒めたたえた。

酔っ払った私は、Kの強い関心が警戒しつつも嬉しくて
「楽しいです」

とはっきり告げた。Kは照れたように笑った。

帰りのタクシーの中で手を握られたので、私セックス嫌いだから付き合うの無理ですよ、と切り出すと、Kは若干怯んだように黙ってから、挑むように、それはしてみなければ分からないことだと思う、と言い返した。

押しては泣いて引いて拒絶して、幾度とない夜の繰り返しの合間に、酔いの只中でとうとうKと寝たとき、小さな宇宙が何度も生まれては死んでいくような閃光が広が

った。初めて自分の肉体が自分のものになった気がした。

Kはいつもじっと私の顔を見ていた。わずかな変化だけで快も不快もすくい上げ、自分の快楽を殺してまで尽くしながら、求めた。

私はまだ誰のものでもなく、Kもまた誰のものでもなかった。雪と逃げる理由なんて、あのときはまだ一つもなかった。

天井でまわりめぐる赤や青の光。喧騒《けんそう》。

初対面の私とKはテーブルを挟んで斜め向かいに座っていた。

知人のバーの開店祝いには、年齢も職種もばらばらなお客たちが集い、Kは鼻筋の通った綺麗な女の子と喋っていた。傍目《はため》にもKが彼女に関心を寄せているのが分かった。

三杯目の白ワインを飲み始めたとき、誰かが私のことを教えると、Kが驚いたように視線を向けた。

あのときのことをKは今でも夢を見ているように話す。

「初めて会ったときは本当にびっくりした。名前を知っていて本も読んでたっていうのもあるけど、なにより素敵な子だと思ったのを覚えてる」

だけど私は知っている。Kが私と出会ったという瞬間の、三十分前に私たちはすでに出会っていたことを。

席に着くと同時に見知らぬKと目があったので、私は会釈した。

Kはごく普通の笑みを浮かべて、こんばんは、と穏やかな挨拶《あいさつ》を返すと、すぐにほかの女性へと視線を移した。

名前も肩書もない私に対するKを今も覚えている。テーブルに映った照明の眩《まぶ》しさとともに。

金沢で別れた半年後の朝だった。

伊月を保育園に送ってから、私は近所の公園に寄ってKに電話をかけた。

彼は同じベッドで目を覚ましたように

「おは、よう」

と力の抜けた声を出した。

「二度と君と話せないと思った」

Kは呟いた。私が戻ってくるほうがよほど悪い夢だというのに

「やっと、長い眠りから起きた気がする。君はどうしてた？　どうしたい？」

などとこりもせずに嬉しそうに訊いた。

海が見たい、仕事で疲れたから美味しい物食べたい、と私は頼んだ。

三十分後には自宅近くの目立たない裏通りまでKが車で迎えに来て、九十九里までハマグリを食べに行った。

蒸した店内で、網焼きのハマグリに醤油をかけるとジュッと焦げて殻がことりと傾いた。熱くて濃くて柔らかく、いくらでも食べられた。

食後に二人で海辺を散歩した。犬吠埼《いぬぼうさき》近辺の海は、青空が広がっていても、どこか荒涼としている。砂浜は灰色で海は波が高くて霞んでいた。

「君に触りたい」

とKが言うので、私は笑って
「金沢に置き去りにしたくせに」

と突き放した。

Kは失踪もしなければ自殺もしなかった。荷物を持って翌朝の飛行機で東京に帰ったのだ。私はそれを彼のFacebookで知った。

我に返ったKから何度も謝罪の電話やメールが来るのを、この半年間無視し続けた。

「それは、あまりに君のことが好きすぎて、絶望したから」

とKが項垂《うなだ》れたので、私はなにも言わずにふらっと背を向けた。パーカに手を突っ込んで歩いているとKの気配が消えたので、心配になって振り返った。

Kは少し離れた場所からこちらを見守っていた。近付きすぎないように。胃の弱い心配性の兄のような眼差《まなざ》しで。細いストライプのシャツを着た姿は頼りなく、視線だけが強固で重い執着を含んでいた。

その面影に、なぜか、年よりも老けて見える男――いつだったか作家がイエス・キリストをそう表現していた――の印象が重なった。

突然、私は気付く。誰かに愛されたと実感したことなんてなかったことを。

見つめていると、Kは許されたように近付いてきた。潮風にあおられた私は髪もぼさぼさだし肌は浅黒いし魅力的な瞳や胸すら持たない、薄幸そうで地味な女が目の前にいるだけなのに、Kは幸福そうだった。

「どうして好きになったの？」

嘘は聞きたくないから言わなかったことを、初めて訊いた。

「どうしてって言われても……初めて会ったときからずっと好きだった。俺は本当にびっくりした。それで、今はもうほかの誰ともいたいと思わないだけだよ」

だからそれは、と否定しかけたとき、Kが私の手を握った。ゆっくりと、慎重に力を込めて。

突然、そんなことにこだわっていたのがどうでもよくなった。

愛の始まる瞬間など、端から本人にしか分からない。どんな理由からにせよ突発的に感情が決壊して、気が違うほどのことを自分自身に許す最大の激しい間違いが愛ではないかと。

時間をかけなくちゃ生まれないなら、一瞬足を止めただけの重病人や娼婦に対するイエスの憐れみは愛としては未熟なものになってしまう。イエスはほとんど偏愛に等しい愛情で、とも描写していた作家の言葉を思い出す。その表現が初めて体にすっと落ちた。

陸地を歩き続けると、広大な砂浜に突然、テトラポッドの大群が現れた。十字架のように砂の上に突き立てられて、墓地のように整然と冷たく静かにどこまでも白いテトラポッドが何列にもなって並んでいた。

くすんだ夏の空を軍事演習の戦闘機が飛んでいて、そういえば国際情勢に明るい知人の作家が本気で日本も戦争になることを心配していたのを思い出す。ふいに自分が未来に来たのか、過去に戻りすぎたのか分からなくなったものの、結局、同じことなのだと思い直す。私たちは変われない。ただ、ほんの少し逃げ足が速いか否かが命運を分けるだけで。

テトラポッドの一つに寄りかかってキスをした。二人の汗は激しい海風に吹き飛ばされてすぐに乾いた。

このまま抱き合えたらと思ったけれど、ほんの少し私の気持ちを乱しただけでKは離れた。続けたらまた叱られると思ったのかもしれない。

帰りに車で高速を飛ばしている間に、自宅に届いていた金井先生からの手紙を助手席で開いた。なんとなく一人で読むのはおそろしかったのだ。

こんな文面だった。

『以前、お会いしたときに、一つだけ私は隠し事をしました。そのことをお詫びしたく、筆を執りました。

あなたと対話するとき、私はいくぶんか冷静さを欠いていたように思います。そのため、あなたへの真心よりも自分の言いたいことを優先してしまいました。勘の良いあなたがそのことに気付いていないはずはないでしょう。だからこそ、あなたは警戒し、心を開こうとしなかった。そのことがあなたの新たな罪悪感になっていないかを心配していました。

すべては私の未熟さゆえのことです。どうかお許しください。

なぜ、あなたの前では未熟さを露呈してしまうのかといえば、あなたの「ほんとう」を、おそらく私は分かっている。なぜなら、かつて、まったくあなたと同じように苦しんでいた女性を知っているからです。

祈っています。あなたに心安らかな日が訪れることを。傷が癒えて、神の愛に包まれるときを。

この命が尽きても地上に祈りだけは残りますようにと。』

読み終えると同時に、私はやっぱり気を失った。

Kの運転に安心しきったまま。

静寂

こういう仕事をしていると、自分のメンタル管理なんてたやすいだろう、と誤解されがちだ。

実際はどんなに操縦に慣れていても、荒い海流を小さな高速船で突っ切るときに揺れないことはまずない。

ただ経験から、ぶつかってくる波が真横からか正面からかを予測することはできる。そういうときにはきちっと姿勢を正して、動揺に備える。心の筋肉を酷使すれば、当然、緩んだ拍子にどっと疲労が押し寄せる。

最後の相談者が玄関から出て行って、夜八時にカウンセリングが終わったときには、私は口もきけなくなっていた。

受付の美鈴《みすず》ちゃんに、帰っていいよ、と告げて、相談室に引きこもる。

インスタントコーヒーをゆっくり飲みながら、パソコンを起動させてメールをチェックしたら、Ａｍａｚｏｎや仕事のメールに挟まれた金井《かない》先生の名前を見つけた。

この十年近く、ほとんど毎月届いているメールを開く。

『更紗《さらさ》様

雨の降る日が続いていますね。お変わりないでしょうか。

更紗さんの新聞のコラム、いつも楽しく拝読しています。特に先日の内容は印象的でした。

他人を責めるのをやめることで自分自身を許すことになる、という一文に心を打たれました。

更紗さんの深い洞察力と愛情にはいつも感銘を受けています。

お忙しい毎日だと思います。どうかお体を大切に。

金井　倖《こう》』

私は少しだけ苦笑した。

なぜなら今月のコラムは、〆切間際にたて続けにカウンセリング予約が入ってしまい、慌てて自分でも単純すぎると思う言葉を書き連ねたものだったから。もっとも一般の読者には、それくらいのほうが親しみやすかったかもしれない。けれど金井先生は一般読者ではない。

彼の誉め言葉が欲目に満ちていることを分かった上でありがたいと感じて、私はお礼の言葉を綴《つづ》って送信し、帰る支度をした。

午前のカウンセリングを終えて、お昼休憩に入ろうとしたときにインターホンが鳴った。

さっきまで話していたＤＶ被害者の女性が忘れ物でもしたのかと思い、受付の美鈴ちゃんに出てくれるように頼んだ。

美鈴ちゃんはマッシュルームカットの髪を揺らして頷くと、テレビモニターを確認せずにぱたぱたと玄関へと向かった。急に嫌な予感がして、引き留めようとしたけれど間に合わなかった。

開いたドアの向こうに立っていたのは、かなり派手な女性だった。赤いドット柄のワンピースに白のボレロ。パーマをかけた髪は白髪混じりだが、顔立ちは美しく、口元の深い二本の皺《しわ》さえなければ私と同世代だと言っても通用しそうだった。

彼女は腕組みをしたまま、攻撃的な甲高い声で
「更紗先生ですか？」

と訊いた。美鈴ちゃんがこちらを振り返ったので、私は内心ため息をついた。仕方なくスリッパを鳴らして玄関へと向かう。

彼女は睨《にら》むような視線を私へとスライドさせると、顔から足元までアラを探すように見た。

「すみません、どちらさまでしょうか？」

私はゆっくり尋ねた。こういう女性は低く出ても張り合っても激昂する。感情が動くだけで爆発する取扱い注意の危険物。けれど端正な猫のような瞳には見覚えがあった。

「有栖《ありす》の母親です」

「ああ、有栖ちゃんの」

納得して頷くと、名前で呼んだのが早くも癇《かん》に障ったのか、彼女は表情を硬くした。

「あの子、もう二十四歳ですけど？　患者を子ども扱いしてるんですか」

「私はひと回り近く上ですから。彼女自身も、さん、より、ちゃん、のほうが気安い

と言っていましたよ。いらしていただいて申し訳ないのですが、これからお昼休みなんです。ご用事があるようでしたら、後日連絡をいただいてから、あらためて」

「わざわざ千葉から来たっていうのに、玄関先で追い返すつもりですか。さすが高い診察料取ってるだけあって、金払う人間以外は相手にしないんでしょうね」

足元に視線を落とす。無難な白い花と蔦《つた》の柄の玄関マットは、買って一年も経つのに毛が固く尖っていて素足だと刺さって痛いくらいだった。目の前の女の声はこの玄関マットの感触にそっくりだ。

「私の時間をどう使うかは、私の自由です」

「言っておくけど、有栖は私の娘ですから」

そうですか、と相槌《あいづち》を打つと、彼女は突然、堰《せき》を切ったようにまくしたてた。

「あんたがうちの有栖を洗脳したんでしょう。あんなにいい子だったのに、最近は電話にも出ずに、私が反対していた男と同棲まで始めて、全部あんたのせいよ。有栖から散々診察料ふんだくって、そのことを親の私に知られたら来なくなると思ったから、私を悪者にして有栖を洗脳したんでしょう。ちょっと前に話題になった芸能人だか芸人だかと同じで。言っておくけど人生経験の浅い有栖は騙《だま》せてもね、私にはぜんぶ分かってますから」

一方的に騒がれて、ああ本当に有栖の心の不調にはこの母親が影響しているな、と実感したのだった。喋っている内容もそうだが、なにより子供を病気にしてしまう親の一番の特徴だ。自分と他者との間に距離感がない。

私は、そうなんですね、と神妙な顔をして頷いた。それから
「でも、お昼の時間なので。申し訳ありませんが、お引き取りください」

と言い切ってドアをそっと閉めた。すぐに外側からヒールの先ががんとドアを蹴飛ばす音がした。

耳を澄ませていると、逃げるように足音が遠ざかったので、私はようやく息をついた。


ずるずると足を引きずるようにして部屋のベッドに倒れ込む。

枕に突っ伏していたら、ドアをノックされて、顔を上げた。

「姉ちゃん。おかえり。なんか食う？」

くう、と葦鹿《あしか》の鳴き声のような返事を返す。渚《なぎさ》は頷いて踵《きびす》を返した。

部屋着姿で台所にいくと、フライパンで油の跳《は》ねる音がした。ナツメグの香りに急に食欲を刺激される。

「はい。ご飯も今、出すから」

渚がハンバーグと付け合わせの野菜を盛り付けた皿を置いたので、テーブルに向かう。お茶碗の白米をよく噛《か》む。それから肉汁の滴《したた》るハンバーグも。また、噛む。疲れていても牛肉の味は濃い。

渚は向かいの椅子に腰掛けて、頬杖《ほおづえ》をついたままテレビをつけた。

無意味な笑いがリビングにこだまする。私は無言のまま遅い夕飯を完食してから
「渚、今日、エビストロは？」

と尋ねた。渚は、新しいやつが代わりに厨房入ってるから、と答えた。

「またすぐに辞めないといいけどね」

「海老《えび》の殻《から》剝《む》きのせいで？」

と訊いたら、渚は目を糸のように細めて笑った。

渚の働くエビストロは海老料理中心のワインバルで、先日、新人の子が大量の海老の殻剝きに嫌気が差して来なくなった話を聞いたばかりだ。

総理は武力行使には徹底的に抵抗する姿勢を示すと述べました、というアナウンサーの言葉が耳に流れ込んできて、反射的にテレビを消してしまった。

ソースだけが残った白い皿をぼんやり見つめる。渚がコーヒーを啜《すす》る。

渚は高い鼻の頭を掻《か》きながら
「なんか嫌なことあった？」

とさりげなく訊いてきた。私は首を振る。八歳も年下なのに察しがいい。いや、相性がいいというべきなのだろう。五年間もこのマンションに姉弟二人で暮らしているのだから。

カウンセリングに来てる女の子の母親が乗り込んできた、と言いかけて
「大したことじゃないから」

とだけ答えると、渚が
「姉ちゃんは三十歳すぎてから、大したことじゃない、で話を終わらせるようになったよね」

と言ったので、私は苦笑してお皿を片付けた。

手を泡まみれにしながら、そんなことを気安く指摘できる渚の若さをちょっとだけ羨んだ。

日の当たるフローリングに、痩《や》せた長い影が映り込んだ。

有栖は長い黒髪を耳にかけながら、おずおずとソファーに腰掛けると

「本当に、すみません。母がご迷惑をおかけしました」

と心底申し訳なさそうに頭を下げた。

私は笑って首を振り、カルテを見ながら
「それよりも大丈夫だった？　またなにか言われたんじゃない？」

と訊いた。有栖は遠慮がちに口を開く。

「いえ……逆に、すごく心配されました。たぶん私のこと、先生に盗られると思ったんです。だから」

彼女は途切れ途切れに言った。だけどかすかに安堵した表情を私は見逃さなかった。

そもそも私は有栖がカウンセリングを受けている話を母親に打ち明けるとは想像していなかった。冷めたコーヒーを一口飲む。

「そうかもね。あなたのお母さんは、人一倍、不安の強い人だから」

有栖が、他人の顔色をうかがうときの上目遣いで見た。はい、と小声で同意する。

この子はカウンセリングを受けていることを母親に打ち明けることで心配してほしかったのだ。ごめんね、かわいそうに、私のせいで、と母親が改心して抱きしめてくれることを期待したに違いない。

だけどああいう母親はけっして自分を振り返ろうとはしない。振り返ってしまった途端に、責任も孤独も負わなければならなくなるから。悪いのはいつだって自分以外の誰か。

「お母さんには、たとえば手紙とか、そういう少し距離が取れる方法で日常の報告をするといいかもしれない。あんまり不安にさせると、また、あなたに泣きついて無理を言ったり脅したりして、生活や心に踏み込んでくるだろうから」

有栖は真剣な顔で頷く。母親ゆずりの整った猫のような瞳。小さな花びらが飛んできてひらりと張りついたような、淡いピンク色の唇。怯えた視線。不健康に白い肌と、痩せた手首。ひょろりと背が高いわりに、自信がなさそうにうつむいているので姿勢だけが悪い。

「お母さんはあなたを愛してないわけじゃないけど、ただ、いつもその愛し方が間違ってしまうんだよね」

有栖はちょっとだけ力を抜いて笑った。どこか媚《こ》びた笑顔だった。長年の反射の積み重ねだ。

その頼りない笑顔を見て、あきらめたように心の中で呟く。かわいい。

有栖は最近になって同棲を始めた彼が出ていくことを想像して情緒不安定になって

しまい、このままだと本当に彼から捨てられるのではないかと訴えた。

「あのね、たしかにこの世には永遠はない。それを期待していたら、よけいに絶望するだけだから。その代わり、大抵のことは急激に変化したりもしないの。あなたはお母さんや、その恋人たちとのジェットコースターみたいな関係を目の当たりにしすぎて、そういう男女観を刷り込まれているのだろうけど、あなたのお母さんはそうやって試したり壊したりすることでしか他者と関わることが」

などとアドバイスしながらも、頭の片隅では考えていた。

あの母親の言っていることは、ある意味では正しい。

私は相談室に淡いグリーンのワンピースを着た有栖がおずおずと入ってきたときから、彼女のことが好きだったのだから。


帰宅してすぐにシャワーを浴びた。

ダイニングテーブルの上に封筒やDMを広げて、缶ビールを飲みながら、いらない物はぴりぴり細く千切《ちぎ》る作業をくり返した。

電話が鳴り、指先で白い切れ端をつまんだまま時計を仰ぎ見る。十一時半という遅い時間に不吉な予感を覚えた。

「はい……ああ。大垣《おおがき》先生が」

予想通り恩師の悲報だった。半年前に癌が見つかって二度手術したものの、摘出の際に大腸が傷ついて急激に容体が悪化していたとは聞いていた。

電話を切ると、渚が部屋から出てきて、換気扇の下で煙草《たばこ》を吸い始めた。

椅子から立ち上がり、私にも一本ちょうだい、と手を伸ばすと、渚は
「珍しいね」

と言いながらも火をつけてくれた。深く吐き出す。喫煙なんて時代遅れ、と学会の終了後に若い男性カウンセラーから揶揄《やゆ》されたことがあった。欲望まで流行に合わせようとする年下勢には辟易《へきえき》するが
「一本にしておきなよ。肌荒れるから」

とすかさず付け加える渚の言葉には渋々従って火を消した。

「渚って、もう二十七歳でしょう」

「どうしたの。急に」

「結婚したいとかないのかと思って」

と私は指先を見つめながら訊いた。

「したくなったら言うよ」

と渚は言った。したくなるかもしれない相手がいるのか、と尋ねるより先に、それよりテーブルの上片付けてよ、とも。私は白い紙屑をゴミ箱に捨てた。

部屋に戻ってデスクに向かい、パソコンを開いて明日の夕方の予約をキャンセルしてほしいと相談者さんに頼むメールを送る。送信と同時に金井先生からのメールが届いた。

カウンセラーになってから独立するまで、私は三鷹の大垣先生のクリニックに勤めていた。煉瓦《れんが》の敷かれた小道を歩いていくときの木漏れ日を懐かしく思い出した。

ある日、お昼の休憩に入ろうとしたら、誰もいないはずの待合室のソファーに金井先生が座っていた。

すっと立ち上がり

「大垣君と約束があってお邪魔しています」

と頭を下げられたので、私は恐縮して、そうですか、と相槌を打った。

目が合うと、金井先生は驚いたような顔をした。私が首を傾げて

「どうかしましたか」

と尋ねたら、彼は逡巡するように目を伏せてから

「いえ。なんでもありません」

と首を横に振ったので、私は、昼食に出るので失礼します、と微笑《ほほえ》んで告げた。

窓からこぼれる日差しに照らされた白髪交じりの髪。柔らかそうな肌。穏やかな風貌に淡いグレーの背広が似合っていた。

数時間後に近所の喫茶店から戻った大垣先生は、カウンセリング内容を整理していた私のそばに来て
「金井君は大学の同期生だったんだよ」

と教えてくれた。

「今はカソリックの司祭なんてやってる変わり者だけどね」

とも付け加えた。私がパソコンのキーに添えた手を止めて振り向くと、大垣先生も初めてなにかに気付いたように眉根を寄せた。

「そういえば、あなたのことを知りたがっていたよ」

大垣先生は大柄なわりになだらかに下がった肩を揺らして付け加えると、椅子に腰掛けた。

どうしてですか、とは訊かなかった。言わない、ということは訊かないほうがいいのだと思って。

しばらくして、仕事でアメリカから日本に来ているキリスト教徒のケビンという男

性を担当することになったために、金井先生にいくつかの質問状を送ったのをきっかけにしてメールの交換が始まったのだった。

お通夜の会場は、埼玉の名も知らぬ町だった。

駅前こそショッピングビルと電気屋とチェーンの居酒屋がちらほら立ち並んでいたが、バスで五分も走ると暗い田園風景だけになった。小雨がちらついて霞んでいた。民家もまばらな国道沿いに、綺麗な葬儀場の建物が見えてきた。傘を差した参列者が一人、また一人と吸い込まれていく。喪服からのぞくうなじだけがやけに白く映った。オレンジ色の明かりが滲《にじ》んでいる。

お焼香を済ませ、遺影を見た。髪が黒かった頃の大垣先生がいた。やけにピントのあった笑みを浮かべていたので、講演会かなにかに使用した写真だろうと思った。

振る舞われたビールやお寿司を立ったまま隅っこで食べていると、金井先生が入ってきて、目が合うなり真っすぐにやって来た。私は箸を置いて素早く頭を下げた。

「ご無沙汰しています」

「本当に、お会いするのはお久しぶりですね。更紗さん。ずっとお会いしたいと思っていました。以前、ご紹介いただいたケビンさんも、あなたは本当に心ある先生だと感謝されていました」

という金井先生の声に滲む感情をどう受け止めていいか分からずに、小さく相槌だけ打った。

もそもそと言葉もなくお寿司を食べて、二人で会場を後にした。

通りを渡ると大きな公園があったので、散歩がてら抜けていくことにした。

闇の中で紫陽花《あじさい》は一つ一つの萼片《がくへん》に雨粒を宿して輝いていた。どろりと靴跡に削られた地面も艶《つや》を帯びて、重たい美しさを纏《まと》っていた。

「私には、男友達と呼べる相手は大垣君くらいだったので、淋しいです」

と金井先生は呟いた。無防備な独白に、私も許された気がして
「大垣先生から、金井先生がもともと精神科医だったと伺ったときには、びっくりしました」

と告げたら、金井先生は、はい、と頷いた。

私はビニール傘の柄を握りしめたまま雨の匂いを嗅いだ。かすかに抹香《まっこう》の香りが混ざった。きっと喪服か髪に移っていたのだろう。

「金井先生はどうして仕事を辞めて、神学科に入り直したんですか？」

「救うためです」

「誰を？」

と私はそっと問いを重ねた。

金井先生の目元は年齢相応に陰っていた。つぶらな目だけが時を止めていた。

「妹です。十六歳からほとんど部屋の外に出たことがありませんでした」

「原因は、分かってるんですか？」

「はい。私の両親は離婚しました。妹が十四歳のときです。父から受けるストレスから解放された直後に、妹は溜め込んでいた苦痛と混乱で壊れました。私と母が事情を知ったのは、妹がおかしくなってから一年くらい経った頃でした。それまでは両親の離婚を経験したショックで不安定になったのだと思い込んでいました」

足元でなにかが跳ねた。暗がりに蹲《うずくま》るものが大きな蛙だと気付いて、やっ、と声をあげてしまった。

金井先生はなんだかひどく懐かしいものに触れたように目を細めて
「大丈夫。こっちに来なさい」

と屋根のある休憩所へと手招きした。

池のほとりに赤い屋根の休憩所は建っていた。木の柱には不良たちが落書きしたのであろう油性ペンの悪態が消えずに残っていた。

傘を閉じてベンチに腰掛け、池に波紋が音もなく広がっていくのを見つめた。

「緊張状態のときには、不調は封じ込められてますからね。調子を崩すのは、問題から解放された後ですよね」

と私は呟いた。その通りですね、と金井先生は頷いた。

「私は妹をなんとか救おうとしました。それで心のことを学び、妹のケアに当たろうとしました。けれど私は未熟で、しかも若かった。覚えたての自分のやり方を妹にそのまま押しつけたのです。過去を探る段階で、妹はひどいフラッシュバックを起こしました。それでも乗り越えれば回復に向かうだろうと思った。甘かった。私は、甘かった。妹は自傷行為がエスカレートして、髪を毟《むし》っているうちにほとんど毛がなくなってしまったほどでした。いそいで精神科に入院させる手続きをしていたときに逃げ出して、そのまま、踏切に」

私は黙っていた。妹さんと父親の間でなにがあったのかを想像するのはたやすかった。その症状の重さからいって間違いないだろうと思った。

「それで、カソリックの道へ？」

「いえ、もともと母が熱心なカソリック信者だったのです。だから私と妹は生まれたときに洗礼を受けていました。私よりも妹のほうがむしろ熱心でした。情熱的で愛情に溢《あふ》れたイエスが唯一の心の支えだったのでしょう。だからこそ妹は母に父と別れてほしいと訴えることができなかったのです」

「カソリックは離婚を禁じているから？」

と私は思い出して訊いた。

「そうです。そして自殺も。妹ももちろんそれを分かっていた。だから私は司祭になったんです」

私が軽く首を傾げると、金井先生は恥じ入るような言い方で
「身内から司祭が出ると……その一家は天国にいける、と言われているのです」

と答えた。

波紋の奥底から、からからと鳴るような声が響いた。

「蛙が鳴いてますね」

と私は少々怯えながら言った。

「更紗さんは蛙が苦手なんですね。私の妹も、だめでした」

と金井先生は言った。

「男性で恐ろしい思いをしたことがある人には、蛙が苦手な人が多いですね」

私が言うと、金井先生の動きが止まった。

「言葉にしてしまうと単純ですけど」

と私は困って続けた。

「心理学は一種の統計ですからね。ただ、その統計があるから見えたり救えるものもありますから」

「金井先生は、それでもまだ神様を信じていますか？」

と私は尋ねた。黒いストッキング越しの脛《すね》が痒《かゆ》く感じられて、右手の爪の先で掻く。気の早い蚊に刺されたようだった。目の前の波紋はまだ広がり続けている。

「はい。私にとっての唯一無二は、妹でした。その妹を自分の未熟さで失った今、神を信じるしか私の生きる道はありません」

私は黙っていた。

「更紗さんを見ると、時々、気が変になりそうになる。懐かしさと苦しさが混じって。本当に、似ている。いや、脳がどんどん勝手に似せようと補正してるんでしょうが。あなたにあったときから、本物の妹、亜子《あこ》という名でした、亜子の顔がだんだん思い出せなくなりました」

彼の動揺が、私の心も揺さぶりかけた。短く頷いてから、私もです、と思わず答えていた。

「気が変になりそうになるのは。金井先生、私はずっと女性が好きなんです。だけど肉体的にはおそらく受け入れることができないんです。だからといって男性に興味もありません。なんて排他的な人間なのだろう、て時々ひどく自分のことが嫌になるんです」

「愛する方法は、肉体を繋《つな》ぐだけではありませんよ」

と金井先生は諭した。

「それを実現するために私はこの職務を続けているというのもありますから」

私は納得して、頷いた。金井先生が立ち上がり、私も立つと黒いスカートがすとんと膝を隠した。

どこかに潜む蛙の鳴き声を聞きながら、森のような公園を黙ったまま出た。

電話口の有栖の声はいつも以上に不明瞭だった。

「本当に、すみません。当日キャンセルになってしまって」

それはいいけど、と私は前置きしてから

「申し訳ないけど、当日のキャンセルは料金が発生してしまう決まりになっていて」

「はい、それは、大丈夫です」

しばし間があってから、今日は受付の人はいないんですか、と彼女が尋ねた。

「風邪でお休みなの。今日は予約もあなたしかいなかったし」

慌てたように、すみません、と謝る有栖をなだめて
「体調でも崩した？」

と気になって尋ねてみると、彼女が奇妙にあっさりと言った。

「じつは私、彼と別れたから実家に戻るんです。それで、ちょっとばたばたして」

私が眉根を寄せて、え、と声をあげると同時に、有栖は先回りするように続けた。

「ずっと一緒にいて、いつか嫌われる不安とか、やっぱり耐えられないんです、私には。それに嫌なこともけっこうあったし。母も珍しくちゃんと話を聞いてくれて、だから、もう大丈夫です」

私は電話を持っていないほうの手で、自分の胸元を軽く摑《つか》んだ。

「そう。だけど、それなら、だいぶ疲れたでしょう」

「あ……はい。本当に、色々とありがとうございます」

「いいえ。またなにかあったら、いつでも予約のお電話ください」

電話を切っても、当たり前のように後悔はしなかった。最初からこういう関係だったのだから。

ただ、あの細い腕をつかんで、あなたが大丈夫って言うときにはいつも罪悪感だけでしょう、目を覚ましなさい、と引き戻すことができない自分の立場を少しだけ恨みに思うだけで。

帰りの電車で、私はドアのガラスに額を押しつけた。映った顔越しに夜の光を見つめると呟きがこぼれた。

私このままずっと好きなひとと結ばれないのか。

吐き出した本音を酸素と共に吸い込んで咀嚼《そしやく》し、口からこぼす。

ずっと好きなひとと結ばれずに死ぬのかな。

死、という単語は甘く安らかな静けさに包まれている。生きることは騒々しい。

有栖の細い顎《あご》やおずおずとした笑顔や唇を思い浮かべる。自分がどうしたかったのかは今も定かではない。母親の元から奪いたかったのか。だけどそれなら結局、彼女の母親とやっていることは同じになってしまう。一度でも有栖に触れてみれば満足だったのか。頭の中で愛と呼ばれる行為を列挙してみるけれど、しっくりこない。

仕方ない、そんなものは本来、雄と雌のための真っ当なのだから。

肉体以外を繋ぐ方法はある、と金井先生は言った。だけど心だって一時だ。

相談者さんたちに永遠はないと教え続ける私は、永遠はあると教え続ける金井先生といったいどこまで真の意味で分かりあえているのだろう。

そんなことを考えていたら、メールボックスに金井先生からのメールが届いていたことに気付いた。三時間前に受信したものだった。有栖に気を取られていたことを悟る。

開いてみて、指がスクロールを躊躇《ためら》った。

『今週末、神奈川の教会でミサの手伝いをすることになっています。午後一時にミサが終わったら、そこから電車で数駅の墓地を訪れる計画を立てています。天国みたいな公園と隣接した墓地です。そこには私の妹が眠っています。

前回から、ずいぶんと時間が空いてしまいました。情けない話ですが、いつもそこへ向かう最中に平静でいられなくなるのです。そしてまた今回も自信がないのです。いざ墓石の前に立てば、あきらめがつくどころか、いっそう後悔ばかりが湧《わ》いてきて、たまらない気持ちになります。

たとえば妹の死が、私の責任ではなかったとして、そこになんの意味があるのでしょう。

あのとき救う手立てなどなかったとしても、少なくとも、私には見えていたのです。妹の横顔に、日々、色濃くなっていく死の気配が。そんな妹のそばで右往左往するしかなかった自分の愚かさも。

更紗さんのほうが仕事で疲れているでしょうに、愚痴《ぐち》を吐きました。どうかお許しください。

いつも感謝しています。』

私は少し考えてから、週末、と口の中で呟いた。ミサは日曜日に行われるものだから、クリニックの定休日とも重なる。

ついていきましょうか、と返すのは自然なことだった。身内がほとんどいない私にとっては、金井先生は遠縁の親戚ぐらいには近しいのだから。

金井先生からはすぐに返事がきた。動揺混じりの、だけど安堵を得たような文面だった。この人はずっと責任を一人で持ち続けてきたのだ。妹を追い詰めた張本人である父親の分まで。

帰って暗いベッドに突っ伏していたら、ドアがノックされて細く明かりが差した。

「姉ちゃん、なにか食う？」

くう、とか細い返事をして起き上がる。

明るいリビングでテーブルに向かったら、生ハムのサラダと湯気の立つリゾットが出来上がってきた。もくもくと立ったチーズの匂いにくらくらする。それでもスプーンを手にして食べているうちに、元気になっていくのを感じた。

渚が缶ビールを開けながら、向かいの椅子に座った。

「この前の話だけど」

と言われて、顔を上げる。

「結婚とか。考えないわけじゃないけど、まあ、今は急いでないかな、て。少なくとも姉ちゃんが落ち込んだときでも一人で飯食えるようにならないと難しいでしょう」

さらっと言われて動揺する。まるで自分が弟の人生を搾取しているようだと思い

「そんな心配しなくても、私だって生活力なら十分にあるし」

と反論すると、渚は軽く酔った口調で切り返した。

「姉ちゃん、前に言ってたから。爪を噛む癖がひどくなってきたら、ほかにも癖を増やせばいいって。依存は分散させろって」

「言ったけど、だから」

「たくさん大変な相手を抱え込んで、一番分散させてるのは姉ちゃんでしょう」

なにも言い返せずに口をつぐむ。

「俺、唯一、元気だから。ちょっとくらい頼られても平気だよ」

と笑う渚を、昔、風邪の母に代わって背負い、夜の公園を歩きまわったことを思い出す。調子はずれの子守歌を口ずさんでいたことも。いつの間に逆転したのだろう。

「頼るといえば、今週の日曜日に神奈川まで金井先生の妹さんのお墓参りに行くことになって」

と話したら、渚はちょっと驚いたように片目を見開いて
「えっと。それって、つまりどういうことなの？」

と訊いた。

どういうことって、と私は問い返した。

「どういうことか、分からなくない？」

「分からなくはあるけど、複雑ではないの」

そう、と渚は小さく頷いた。

「つまり、優しさとか、友情とか、シンプルな話でいいってこと？」

それもあるし、と続けて、軽く言いよどんでから
「私たち、親戚がほとんどいないでしょう」

と私は丁寧に告げた。

「いないね」

と彼もビールを飲みながら同意した。

「金井先生も、実質、そう。だから」

言いかけて黙った私の手元から、渚は空のお皿を抜き取ると
「俺も行こうかな」

と言い出した。

「はい?」

「だって、日曜って晴れ予報だし。海とか見たいじゃない」

私はティッシュを引き抜いて米粒がこぼれたテーブルを軽く拭いながら、そういえばこの子は昔から海が好きで何時間でも浜辺でぼーっとできるタチだった、と思い出した。

私が沖まで夢中になって泳ぎ、海面からざっと顔をあげると、目が潰れそうな光の中、遠くに痩せっぽちで長身の渚が片手を振っているのだ。

滲みかけた懐かしさは、すぐに押しとどめられた。

私は最初から期待していたのだ、と気付く。心もとない金井先生と二人きりで悲し

い場所に行くのはたしかに気が進むことではない。だから、どこかでこの気楽な弟を巻き込めないかと。

「晴れたら、みんなで江の島まで歩こうよ」

渚は洗い物をしながら、当たり前みたいに言った。無頓着なようで、私や金井先生よりもずっと自分の役割をまっとうしているみたいに。


白い帽子を押さえて、風の抜ける駅前を見渡した。目がくらむほどの青空だった。

「暑い」

と思わずぼやくと、渚がTシャツから出した白い腕を掻きながら、この日差しはヤバいね、と同意した。

「まだ梅雨明けしてないよね、たしか」

「年々天気予報なんて、あてにならなくなるんだから」

ぼやきながら、タクシーに乗った。

墓地は丘の上の高台にあり、運転手が説明してくれた。

「そこからなら海も見えますよ。本当にきれいなところですからね、お墓に入っている仏さん本人が見られないなんてもったいないですねえ」

私たちの気楽な様子から、遠縁の親族かなにかの墓参りだと思ったのだろう。場違いにのんきな口ぶりにリラックスしたこともあり、あえて否定はしなかった。

墓地のある公園に到着すると、車を降りた私たちは、あっけにとられて広大な敷地を眺めた。

花壇と森のむこうに、数えきれないほどの黒い墓石が整然と連なっている。そのそばには噴水が噴き出し、天使の塑像《そぞう》が立っていた。木陰にはいくつものベンチも用意されていた。

「ピクニックができるね」

と渚が言い出したので、さすがにお墓を見ながらお弁当なんて、と苦笑しかけて、気付く。

「渚、もしかして、今朝早く起きたのって」

うん、と悪びれずカバンの底から布のお弁当袋を取り出した渚に、なんといえばいいか迷っていたとき、遠くから見覚えのある人影が近付いてきた。強い日差しの中、その輪郭が消えかけているように見えて
「金井先生」

と呼びかけると、花束と手桶と柄杓を手にした彼がうやうやしく頭を下げた。

「こんなに遠くまで私のためにご姉弟でいらしてくださって、本当にありがとうございます」

　渚を紹介して、お墓まで案内してもらった。三人分の照りつけられた影が地面でそのまま干からびてしまいそうな気温だった。

　墓参りはあっけなかった。もとより顔も知らないのだから、心を寄せるのは意外と難しく、渚のほうがそれらしく神妙にしていたくらいだった。

　花を供え終えて、立ち上がった金井先生は
「戻る途中にレストランがあります。お礼に、ぜひごちそうさせてください」

と提案した。冷房のきいた店内を想像した私はちょっと未練を抱きつつも
「じつは弟がお弁当を作ってきたんです」

と打ち明けた。そして驚いて目を丸くしている金井先生を連れて、木陰のベンチまで移動した。

　バスケットの中には、海老カツサンドとポテトサラダと夏野菜のラタトゥイユが詰まっていた。

　私は水筒の冷たいお茶を分けてもらいながら
「海老の殻剝きにはうんざりじゃないの？」

と渚に訊いた。

「冷凍だもん。でも安く済むと思ったら、下処理が中途半端で、結局、背ワタとか少し取り直したから、殻付きのほうが良かったな」

詳しいことは分からないが、海老カツは弾力があってほんのり甘く、パンはソースが染みてしっとりしていた。金井先生も感心したように味わっていた。

「金井先生は独身なんですか？」

と渚が思い出したように訊いた。

「はい。司祭は妻帯できませんから。食事は普段シスターが作ってくれるので困りません。でも、こんなに美味《おい》しいものではないです」

「女の人にそんなことを言ったら、キレられちゃいますよ」

と渚がからかった。金井先生が困ったように笑うところを初めて見た気がした。

たくさんの草木が風に揺れると、噴水は七色に輝きながら水滴をあたりに散らした。真っ白な塑像の天使は生きたまま時を止めたように佇んでいる。すべてが美しく整い、それらの景色は不思議と一つも胸を打たなかった。

「ここに来るようになってから、今日、初めて現実にいる気がしています」

と金井先生が目を細めた。

「ずっと過去の中にいたんですものね」

と私は言った。

「はい。だけど今も私には父と同じ血が流れています。父にとって娘が娘ではなかったように、私にも、もしかしたらいつか、もしかしたら妹が」

金井先生は短く言い切った。

「妹じゃなくなる日が来てしまっていたかもしれないのです」

私は息を吸った。彼がずっと本当に言いたかったこと。罪悪感と怯えの正体。

だけど次の瞬間に口を開いたのは渚だった。

「異性の親兄弟なんて、本当は皆、そういう危険ははらんでるんじゃないかなあ」

「え？」

と金井先生が不意を突かれたように訊き返した。私はとっさに聞こえないふりをした。渚だけが明るい声を出して、続けた。

「姉ちゃんも先生も頭がいいから分析しすぎるんだろうけど、親とか妹とか姉とかの境なんて、ある人はあるし、ない人はどうしようもなくて、それでも気持ちを押し付けないで相手の幸せを願えるかってだけだと思うけどな」

私は黙っていた。渚も私に同意を求めたりはしなかった。

三人で冷たいお茶を飲んだ。帰りは金井先生がタクシーで送ってくれた。

試してみたことも、あった。

相手は仕事で知り合った介護士だった。ひょろりとして手足が長くて、漂白されたように色白の男の子だった。気立てはいいけれどあまり思慮深くないところまで私好みで

「男の人とのセックスを試してみたいんだけど、いい？」

という申し出に、彼はよく分かっていないような笑顔を浮かべたまま、うん、いいよ、と安請け合いした。

暗い室内で、彼の薄い肩に両手を添えて重なった。穏やかな摩擦と、数回ほどの引っかかりの最中に頭を抱きかかえられたこと。不快ではないけれど、劇的な快感もなかった。私はこれを無理してまでもう一度はしなくてもいいな、と思った。さらりと乾いた肌が汗をかいていくのは愛らしいな、と思ったけれど、それはどちらかといえば昔飼っていた犬を抱き寄せる感覚に近かった。

渚と暮らし始めたばかりの頃だったので、昼過ぎに帰ったら、すぐにバレた。

彼は気分を害していて、だけどそんな気持ちになる理由なんてないから押し出すこ

ともできずに持て余しながら憤慨しているようだった。

ようやく思いついたように、姉ちゃんはさあ、と渚は言葉を吐き出した。

「結局、頭悪いやつのほうが好きなの？」

憤ったように言及するには場違いな質問だったので、あっけに取られたら、渚も察したように苦笑した。

同性だから。異性だから。身内だから。

触れない理由はいくらだって公言できる。

それなら触れる理由は？

肉体が触れ合わない人生に、愛はないのだろうか。

カウンセラーとして誰の心も拒絶しない私は、その代わりに特定の誰かを深く受け入れることもない。

そういう生き方もあるのだということを教えてくれる神様にはまだ出会えていない。

コップの中の麦茶を一口飲んでから、相談室のパソコンを立ち上げた。

海外在住者向けのスカイプでのカウンセリングを希望するなんて珍しいな、と思いながら画面に映った顔に目を向ける。

「更紗先生、ご無沙汰しています」

と呼びかけた顔つきがあきらかに前回とは違っていたので、ちょっと、驚いた。

「こんにちは。どうですか。最近の調子は？　スカイプは初めてだけど、体調でも悪い？」

いいえ、と彼女は首を横に振った。

「私、今、息子の伊月《いづき》とスペインにいるんです」

私は彼女の背後に目を凝らした。たしかに色鮮やかなストライプの壁紙や巨大なチエストは、日本のインテリアには見慣れぬものだった。

「そうなの。それなら今は旅行先のホテルに？」

「いいえ。仕事で日本に来てた、翻訳家の女性の家です。今は彼女が息子と公園まで散歩に行っていて」

引っかかりを覚えて、旦那さんは、と私は思いきって尋ねた。

「じつは逃げ出してきちゃったんです。本当は長く付き合っていた彼が追いかけてこようとしてたんですけど、途中から旅をアテンドしてくれていた翻訳家の彼女が、私のほうがあなたを好きだって言い出して」

語られた言葉に、思わず、ええ、と素直に声をあげてしまった。陰があるわりに奇妙に芯の強い瞳が細くなった。

「すみません、びっくりしました」

「いいえ。でもあなた、ずっと男性とだけ関係していたよね」

と慎重に尋ねると、彼女は、はい、と頷いた。

「それはずっと男の人だけが、私のことを必要としていたからでした。でも恋愛でなら、同性とでもつながれるんだって気付いて。それで今は新しいものを書こうとしてるんです」

その言葉を聞いて、彼女が作家だったことをようやく思い出す。破綻《はたん》寸前の生活を送りながらも、決定的には破滅しなかった人だったということも。

「どんなものを書こうと思ってるの？」

と私は訊いた。

ずっと戻らなかった記憶の話です、と彼女は答えた。

「もしかして、思い出したの？」

それなら大変なことだと準備をしかけたけれど、彼女はそれを否定した。

「いいえ。でも更紗先生は信じてくれていましたね。そして、それはたしかにあったことなんです。遠い昔に誰よりも触れたらいけない人が、私に、なにかはしたんです。その後の数十年がめちゃくちゃになるくらいのことを。私はずっとそれを拒絶していたから、思い出すわけがなかった。だから、まず認めてみようと思って。その作業を遮る男の人たちはもういないですし」

私は彼女のとなりに寄り添う新たな女性を想像しようとしたが、上手くはいかなかった。

「でも書き始めたら、また混乱すると思うので、そうしたら連絡させてください。移住したわけでもないので、来月にはいったん日本に帰りますし」

「そうなのね。息子さんはどう？」

「まだよく分かってないけれど、案外、楽しそうです。彼女が猫可愛がりするから、息子も嬉しそうにしていて」

父親不在の複雑な環境について悩む日がいずれ訪れるかもしれないが、今はひとまず留守がちだった母親のそばにいられて安心しているのだろう。

初めて明るく挨拶を交わして、対話を終えた。

頰杖をついて、苦笑してしまった。私が越えられないものを、彼女がついでのように飛び越えたこと。それなのになにも変わっていないこと。破綻寸前の緊張感を漂わせて、すぐに恋愛してはこちらをひやひやさせながら、尚も求められるままに他人任せに人生を生きていく。

遮る相手、と呼ばれた男性たちの心を少しだけ想った。それがけっして彼らのせいではなかったことまで、いつか、彼女が受け入れてくれたらいいと思った。

枕元に手を伸ばし、前に金井先生に頂いた聖書を開く。

私が好きなのは、ペテロがイエスを裏切って鶏が鳴く場面だった。不思議と、何度読み返しても切なくなる。

ペテロは積極的に罪を負うのではなく、イエスに先回りの預言までしてもらって、不可抗力の流れに身を任せた。そんな消極的な裏切りが、私には誰よりも人間的に感じられるのだ。

ペテロはわ、と泣き出した、涙が止まらなかった。

この文を目にするとき、私にはいつも彼が親を失くした子供のように見えて、憐憫《れんびん》の情が溢れる。傷つき追い詰められた相談者たちと初めて向き合う瞬間の、痛みを伴った愛しさにも似た思い。

私は聖書を閉じた。

闇は蒸していた。リビングからは渚がまだ起きていて物音が響いてくる。幾度となくしまい込んだ台詞《せりふ》を口にする。

「渚は憶えてないかもしれないけど、あなたがまだすごく小さかったときに父と母は」

と呟きかけて、やめた。

試すために語る必要はないのだ。とにかく私たちは生き残った。闇夜に潜む蛙に怯えていた子供時代から。鳴き声はこだまする。だけどとっくに姿はない。

今の私の前にあるものは、ドアの隙間越しに漏れてくるＬＥＤの明かりだけなのだから。

文庫版あとがき

書いた当時よりも今のほうが、この小説を好きになっている、と感じました。

たしかに自分が生み出したはずの小説を、今回、まるで知らない女の子たちに出会うような気持ちで読み返しました。それだけ自分の中でも時間が経ったのだな、と実感しました。

昨日の私も、昨日のあなたも、きっとどこにもいないのだと思います。

また執筆時には不安定で頼りなく感じられた登場人物の大半が、じつは意外とたくましかったことにも気付かされました。

流されているようでいて、自らの欠落と欲望に自覚的な彼女たちは、傷つきながらも生き長らえていくのでしょう。そうであることを作者としても願っています。

この小説を「群像《ぐんぞう》」で連載している最中に、純文学を卒業する、という宣言をしたため、私にとって『夜はおしまい』は一応、最後の純文学小説になります。

私にとって純文学とは、森でした。そして森とは私にとって解放される場所ではなく、過去そのものを象徴する広大な密室空間なのだと思います。

だからそれを書くことは時として苦しい作業ではあったけれど、その場所でしか書けなかったものもあるのだな、と今あらためて振り返っています。

デビューからお世話になった純文学の関係者の皆様に、あらためてお礼を申し上げます。

そして、どこで書いても、どこまで書いても、読み続けてくださる読者の皆様へ。本当にありがとうございます。

そして、この本を初めて手に取ってくださった方へ。

森へ迷い込むときもあれば、海の光の中へたどり着くときもある、そんな一作家の小説からなにか少しでも残ったものがあれば幸いです。

これからも変わらずに、変わり続けながら、書いていきたいです。

二〇二二年二月二十七日　島本理生

解説

紗倉まな（AV女優・作家）

本書に出てくる女性たちは、それぞれがぎりぎりの局面に立たされ、ふとした拍子で崩れていきそうな危うさと頼りなさを抱えている。触れたらひりりと痛むにもかかわらず、読みながらどこかつつまれる感覚に浸ってしまうのが不思議であった。

神は一人の人間の中に何体いるのか、と自らに問うたことはあっただろうか。信仰心の薄い私が想像するに、原則で言えば当然神は一体でなくてはいけないはず、というか一体のはずだけれど、私の中では複数体が顔もないままに手を上げる。それは服を選ぶように神を選ぶことが、信仰上では許されずとも自分に許されているからだ。

四編に出てくる女性たちは、金井《かない》神父（先生）との接触によって、キリスト教を身近で感じ、信じることや赦《ゆる》されることを常に逡巡《しゅんじゅん》しながら生活している。しかし彼女たちは宗教を信仰しているのかというと、そのコミュニティに深く属することもしない。信仰を軽んじている節もあり、神に向けられた視線は常にどこか懐疑的だ。というのも、彼女たちの身近な神は、もっと細々と本書の中にちりばめられていて、家族であり、恋人であり、自分でもあるからだ。琴子《ことこ》がキリスト教の必要性について、金井神父と会話した際に、「それに、べつに宗教がなくても、普通に人はなにかしらを信じてるということはしているからだと思います」と一蹴したように。

彼女たちは傷つくことによって、何を信じるのかを選んでいるのかもしれないのだと、読み進めながら感じたのだった。積極的に不正解らしきものに手を伸ばし、自傷にも近い言動を繰り返す。そのことによって、この身に起こる様々な不条理をあぶり出しているようにも。

「夜のまっただなか」で琴子は、大学のミスキャンパスに出て、属する世界において自身の価値の低さを残酷にも突きつけられる。その動揺と失意は相当たるものだろう。ミスキャンパスに出場するアクション自体、傷つくことに手を伸ばしているようにも感じられるのだが、微かな自信すらもくじけた際、とっさに心の穴を埋めてくれる何かを即座に拵《こしら》えるのは難しい。そんな時に舞い降りるのは、本来、神——イエス・キリストであるはずだった。しかし彼女を一時的に救ったのは、どこか胡散臭《うさんくさ》さの拭いきれない北川《きたがわ》であって、まんまと彼の言葉と体の中でころがされる。北川に慰めてもらうことに琴子はすがり、心を傾けていく。その様子からは、どこか自傷行為にも近い憐憫《れんびん》を感じ取って息を呑む。どうしてそっちにいってしまうの、と。

女性がどれだけ主体的に動いているように見えても、受け皿として機能し、搾取《さくしゅ》されていると世間に鋭敏《えいびん》に感知され、断言されがちな風潮があることは現代社会においても否めない。主体性と搾取とを切り離して語られることは少なく、被害者の立場を課せられることも多い。だからこそ、たとえ自分の目に映る世界であっても、自分の身を粗末《そまつ》にすることと純愛を貫くことの境目は、曖昧《あいまい》になりがちなのだ。しかしそこで、自分を粗末にすることと、自分の体を好きにさせることとは違うのだと、新たな言葉で二択を提案されたらどうだろう。琴子の行いは、罪深いものといえるのだろうか？

「サテライトの女たち」では、信仰に身を捧げすぎた母親によって、娘の結衣《ゆい》が翻弄《ほんろう》される様が描かれている。愛人業で収入を得る結衣は、新興宗教の教祖である母親の生き方に反発心を抱く。純粋な信じる力は呪いのようでもある。結衣が一人のホストのために、愛人である川端《かわばた》に嘘の不幸話を持ち出して高額を得ようと決意し、話が過激に進んでいく際にも、ああ、そっちにいってしまうのか、と固唾《かたず》を呑んで見守らざるをえなかった。川端の下劣な欲望にそこまで応えなくてはならないのだろうか、と思わず目を瞑《つむ》りたくなるシーンでもあるが、ここでも「夜のまっただなか」と同様、結衣は無音のまま誹《そし》られ、冷徹に値踏みされることから逃げずに立ち向かう。これはどういうことか。極限にアウェイな状態なのに。

結衣は、男性に打ちのめされ、確実に傷ついているのだが、どこかで許し続けている。それは決して相手を許しているのではない。自分を傷つける自分を、許し続けている。痛みを伴《ともな》いながら、与えられた性と体を駆使する姿は痛々しい。しかし、彼女は倒れずに歩み続ける。その逞《たくま》しさに惹《ひ》かれるのは私が同じ性別だから、というだけではないはずだ。

「雪ト逃ゲル」では長く交際し、不倫関係に陥ったKと「私」が、金沢《かなざわ》旅行で現実逃避に走るところから始まる。神であれば試すことは禁じられているが、相手が人間となれば幾らでも試すことができる。現に、唯一心を許せる存在のKは、「私」にとって吐き気がするほどの自己嫌悪と反発を彷彿《ほうふつ》とさせる人物である。「私」はそうした自身の本音を無闇に放置しない。突き放すような言葉によってKを試し、彼の反応を逐一伺っている。ここで、Kが可哀想、と読み手側が安易に括《くく》れないのは、「私」は決して楽しむためにKを試しているわけではないとわかるからだ。気まぐれで持ちかけた旅行が気鬱《きうつ》に沈んでも、Kに甘い答えを何一つ与えなくても、乾いた愛をひしひしと感じる。ここでもまた、彼女のこうした純愛を貫けない動揺を形成している要素の一つに、男女という垣根があるのも根深い。「内臓に直接手を突っ込まれているような不快と痛みをKにも感じてもらうことができたなら。そのとき私たちは本当に同じ人間にカテゴライズされることができる気がする」のだから。「私」に執着するKにとっての神は、やはり「私」なのだろう。対して「私」にとっての神は、罪悪感の象徴であり、怯《おび》えることによって自身の言動を是正する存在なのだ。

こういった怯えは私たちの日常の中にも転がっている。お天道様《てんとうさま》、が脳裏に過《よぎ》る。明確な信仰心がないにもかかわらず、「お天道様が見てる」と自分の言動を省みて、どこかでばちが当たるのではないかと、慎重に生きることを無意識に強いられている。神は原則的に一体だと薄ぼんやりとした感覚を冒頭で述べたが、米粒一つ一つにも神が宿っていると、幼き日に私は教えられた記憶もある。いつの間にか分散された神への信仰に、私たちはどこかで大きな掌《てのひら》に包まれているような好都合な安堵に浸っていて、同時に、常に動向を静かに監視されているようなピリリとした緊張感にもひしひしと晒《さら》されている。それは倫理観を強固なものにする一方で、いかにも窮屈《きゅうくつ》なことだ。その窮屈さは人間由来のものでなく、女性という性や、性に連動する母親という役割に苦しめられているのだと「私」は感じているのだから、なおのことしんどい。だからこそ、甲斐性のない夫に向けても、初めて出会った頃、恋愛の網でふるいにかけたKに対しても、復讐とも拒絶ともつかない距離でしか、彼女は生きることができないのだ。

人間同士においては、矛盾によって関係が決壊することはある。本書でも明示されている通り、神との間においてそれは異なる。どれだけ矛盾やほころびを見つけても、失意や絶望を神には抱かない。不都合を追求する必要がないという、強い信頼が生まれている。それは同時に、信者が神から切り捨てられることや見放されることのない関係であると意味している。寛大に許容する様は端から見れば妄信に違いない。でも、その妄信する対象は本書において、やはり神ではないのだ。家庭や恋愛や友人関係（時になんと形容していいのかわからない男女関係）にまで及ぶ。神の不都合を許すことで自らも見捨てられずに済む。それは絶対的な関係の構築であり、彼女たちが心から手に入れたいと願っていたものではないか。

ここに出てくる女性たちが、捧げたい相手に体を許すのではなく、自分を傷つける相手に身を託すのは、強いられた自分の役割を剝《は》ぐような、革新的な決断を求めていたからなのかもしれない。出産の際に、「津波や竜巻は女の中にあった」と感じ得るほどの苦しみや喜びに打ち震えても変わらなかったものを、変えてくれる何か。

「私」が物語の終盤で得た同性との恋愛は、解決の糸口に繋がったとは断言しにくいが、彼女が本当に求めていたのは、死を許してくれる存在だったのではないだろうか。この時、そう感じて心が揺れたのだ。この時、子供も夫もKも、「私」を必要とする誰かは、死という選択を許してくれない。指しているのは当然、物理的な死ではなく、女性という幻影の死だ。

「静寂」において語られる金井神父の告解《こっかい》もまた、その健気さに胸の痛む話であった。金井は秘め事を抱えながら、神父という職務を全《まっと》うすることによって、家族共々、天国へと導こうとする。カウンセラーの更紗《さらさ》は、金井にとある人物を投影され、親友であると思われている人物だ。しかし更紗が金井に向けて、それほどの強い感情を宿していると読み取ることはできない。互いにさまよった愛情の着地点を探していて、通常とは異なる形の恋情に戸惑い、その罪悪感によって苦しんでいる同胞でもあるのだが、上手く交わらない。二人は、愛する人の肉体に触れられず、制約を背負わされている。それなのに更紗と金井は、互いの生まれ持った性の宿命を責めたりはしないのだ。

どうして女性は奪われるという感覚を押し付けられやすいのだろうか。童貞は「捨て」、処女は「奪われる」。言葉のあやといったらそれまでだけど、余分な油を拭って身を軽やかにしていく「捨てる」という響きと比べ、何かの罪をうえつけられたような「奪われる」という響きは、作中にも出てくる女性の受け身の身体構造と符合している。そんな受け身の体を最大限に使ってもがく様は、醜くも潔く、常に敬意を示したくなるのだ。読んでいて、水面から顔を出したときのような、一時的な休息が心にもたらされたのは、彼女たちの、どこかで自らを漠然と信じている強さによるものだと思う。足掻《あが》く彼女たちの呼吸する音が、近くに感じ取れたから。奪われたものを取り返し続けている彼女たちが、物語の中でたしかに生きていることに、私は安心した。

本書は二〇一九年十月、小社より単行本として刊行されました。

|著者|島本理生　1983年東京都生まれ。2001年「シルエット」で第44回群像新人文学賞優秀作を受賞。'03年『リトル・バイ・リトル』で第25回野間文芸新人賞を受賞。'15年『Red』で第21回島清恋愛文学賞を受賞。'18年『ファーストラヴ』で第159回直木賞を受賞。その他の著書に『ナラタージュ』『アンダスタンド・メイビー』『七緒のために』『よだかの片思い』『2020年の恋人たち』『星のように離れて雨のように散った』など多数。

夜《よる》はおしまい

島本理生《しまもとりお》

2022年3月15日第1刷発行

発行者――鈴木章一
発行所――株式会社　講談社
東京都文京区音羽2-12-21　〒112-8001
電話　出版（03）5395-3510
　　　販売（03）5395-5817
　　　業務（03）5395-3615

Printed in Japan

講談社文庫
定価はカバーに
表示してあります

KODANSHA

デザイン―菊地信義
本文データ制作―講談社デジタル製作
印刷―――株式会社広済堂ネクスト
製本―――株式会社国宝社

ISBN978-4-06-526402-7

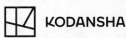

講談社文庫刊行の辞

二十一世紀の到来を目睫に望みながら、われわれはいま、人類史上かつて例を見ない巨大な転換期をむかえようとしている。

世界も、日本も、激動の予兆に対する期待とおののきを内に蔵して、未知の時代に歩み入ろうとしている。このときにあたり、創業の人野間清治の「ナショナル・エデュケイター」への志を現代に甦らせようと意図して、われわれはここに古今の文芸作品はいうまでもなく、ひろく人文・社会・自然の諸科学から東西の名著を網羅する、新しい綜合文庫の発刊を決意した。

激動の転換期はまた断絶の時代である。われわれは戦後二十五年間の出版文化のありかたへの深い反省をこめて、この断絶の時代にあえて人間的な持続を求めようとする。いたずらに浮薄な商業主義のあだ花を追い求めることなく、長期にわたって良書に生命をあたえようとつとめるところにしか、今後の出版文化の真の繁栄はあり得ないと信じるからである。

同時にわれわれはこの綜合文庫の刊行を通じて、人文・社会・自然の諸科学が、結局人間の学にほかならないことを立証しようと願っている。かつて知識とは、「汝自身を知る」ことにつきていた。現代社会の瑣末な情報の氾濫のなかから、力強い知識の源泉を掘り起し、技術文明のただなかに、生きた人間の姿を復活させること。それこそわれわれの切なる希求である。

われわれは権威に盲従せず、俗流に媚びることなく、渾然一体となって日本の「草の根」をかたちづくる若く新しい世代の人々に、心をこめてこの新しい綜合文庫をおくり届けたい。それは知識の泉であるとともに感受性のふるさとであり、もっとも有機的に組織され、社会に開かれた万人のための大学をめざしている。大方の支援と協力を衷心より切望してやまない。

一九七一年七月

野間省一